美味
東京

미미
美味東京
동경

임윤정 지음

북노마드

차례

2장... 일본의 맛

3장... 맛있는 도쿄

작가의 말

prologue

당신과 나

마주앉은 작은 식탁

향긋한 냄새

먹음직스런 음식

우리 사이 피어나는

맛있는 이야기

미미동경

『카페 도쿄』, 『카페 오사카 · 교토』에 이어 4년 만에 새로운 책 『미미동경』으로 독자 여러분을 찾아뵙습니다. 매번 그렇지만 저는 책을 쓸 때보다 책머리를 쓸 때 가장 많은 시간이 걸립니다. 무슨 말을 하면 좋을까 참 많은 고민을 하지요. 이번처럼 오랜만에 새로운 책을 들고 나왔는데 짧게나마 인사말을 곁들인 서문을 써야 마땅한데, 막상 글을 쓰려고 하면 머릿속은 하얗게 비워지고 맙니다. 이 책을 펼친 분들께 감사하다는 말씀 외에 달리 무슨 말을 더 드리면 좋을까요?

돌이켜보면 『미미동경』이 출간되기까지는 참 우여곡절이 많았습니다. 본래 취지는 2011년 봄 출간을 목표로 했던 책이었습니다. 하지만 그 해 일본을 휩쓸고 간 대지진과 쓰나미의 영향으로 모든 작업은 중단되고 말았습니다. 2011년 3월 11일에 발생한 대지진은 분명 바다 건너 일이었지만, 제게도 적잖은 영향을 끼쳤습니다. 책 출간은 연기되었고, 오랫동안 2G폰을 고집하던 제가 원활한 인터넷 사용을 위해 스마트 폰으로 바꿀 결심도 했지요. 그때까지 저는 줄곧 컴퓨터로만 트위터를 했습니다. 그런데 대지진이 발생한 날, 일본에서 지내는 친구가 트위터 쪽지로 한국의 가족들에게 자신은 무사하다는 안부를 전해달라는 연락을 했습니다. 하지만 그때 저는 밖에 있었고, 지진 소식을 뉴스로 접하자마자 친구에게 국제전화를 걸었지만, 전화는 계속 불통 상태였습니다. 제가 친구의 쪽지를 확인한 건 무려 열 시간이 지난 후의 일이었습니다. 오로지 인터넷만이 유일한 연락 수단이었을 텐데 그마저도 제가 뒤늦게 확인을 했으니 그 사이 친구와 그 가족들은 얼마나 애간장을 태우고, 속수무책인 혼란의 상황에서 두려웠겠습니까. 저 또한 친구에게 너무도 미안했고 안타까운 마음을 감출 길 없었습니다. 그 후에도 많은 일본의 지인들은 여진이 계속되는 와중에 불안한 마음을 트위터에 토로했습니다. 저는 그들에게 작게나마 위로가 되고 싶었습니다. 친구들과 이야기하고 싶었고, 소통하고 싶었습니다. 결국 스마트 폰으로 교체하기로 결심했지요.

하는 얘기라고는 시답잖은 일상이 대부분이었지만, 때때로 함께 갔던 카페나 식당, 그곳에서 나눠 먹던 음식에 대해 이야기를 할 때면 친구들은 불안과 걱정으로 팽팽해졌던 마음이 바람 빠진 풍선처럼 흐물흐물해져 느슨하게 풀어지는 것만 같다고 얘기했습니다. 그리고 다시금 우리가 나눈 그 시간이 얼마나 소중한지 가슴 깊이 느꼈습니다.

우리는 친구 혹은 연인 외에도 누군가와 만나 관계를 맺을 때면 으레 밥을 먹으러 가고, 술잔을 기울이고는 합니다. 오죽하면 "밥 한 번 먹자"는 광고 카피가 등장을 했을까요. 이렇듯 누군가와 함께 크든 작든 한 식탁에 마주앉아 음식을 나눠 먹고 시간을 공유한다는 건 서로를 알아가는 가장 좋은 방법입니다.

일본어로 '맛있다'는 형용사는 아름다울 미美자와 맛 미味를 써서 '오이시이美味しい' 라고 합니다. 저는 이 '오이시이美味しい' 라는 일본어를 좋아합

니다. 한자만 놓고 보면 '아름다운 맛'을 의미하는데, 그 속에 담긴 뜻은 단순한 맛이 아니라, 사람과 공간과 맛이 조화롭게 피어나 비로소 제 기능을 다한다는 함축의 의미를 품고 있다고 생각하기 때문입니다. 제아무리 맛있는 음식이 눈앞에 있더라도 함께 나눌 이가 없다면 음식은 그저 허기를 채우기 위한 수단으로 전락할 뿐이지요.

『미미동경美味東京』에는 그러한 맛있는 이야기를 잔뜩 담았습니다. 오랜만에 다시 찾은 도쿄에서의 맛있는 만남을 독자 여러분과 공유하고 싶어서입니다. 책에는 여행을 하면서 만난 저의 오랜 벗들과 그들을 통해 파생한 다양한 사람들의 이야기를 담았습니다. 그들과의 만남은 때로는 진한 커피 향처럼 향긋하고, 때로는 까만 초콜릿 케이크처럼 달콤 쌉쌀한 시간이었습니다. 그들은 여행을 보다 풍부하고 맛있게 만들어주는 아주 멋진 여행의 동반자였습니다. 『미미동경』은 바로 저와 그들 사이에 모락모락 피어난 맛있는 이야기입니다. 부디 여러분도 저의 여행의 동반자가 되어 함께 작은 식탁에 마주앉아 내 안에 서로를 받아들이고 꼭꼭 씹어 맛있게 소화시켰으면 하는 바람입니다. 그리고 큰 소리로 외쳐주세요.

아, 맛있다! 오이시이美味しい!

2012년 여름

임윤정

1장 :

커피 향 가득한 시간

1st

나의 커피 선생님을 소개합니다

Glaubell

어느덧 일본에서의 생활을 접고 돌아온 지도 4년이 훌쩍 지났다. 당시의 기억이 아직도 생생하게 남아 있는데 벌써 4년이 흘렀다니……. 마음의 기억력은 신체의 그것을 훨씬 뛰어넘는 능력을 갖고 있는지도 모른다.

이번 여행길에 오르기 전부터 카노 선생을 만날 날을 손꼽아 기다렸다. 카노 선생은 내게 커피에 대한 지식과 애정을 심어준 분이다. 4년 전, 익숙하지 않은 일본어에 허둥대면서도 카노 선생의 커피 교실에 참가한 내게 선생은 한없이 따뜻했다. 서툰 솜씨로 내린 내 커피에 대해서도 아낌없는 조언을 해주었고, 커피에 관한 많은 이야기를 들려주었다. 요즘도 메일을 주고받으며 커피에 관한 궁금증이나 도쿄 카페에 대해 묻곤 하지만 카노 선생의 진면목은 직접 만났을 때 더욱 빛이 난다. 나이 어린 나조

차 선생의 왕성한 호기심과 넘치는 에너지를 당해낼 재간이 없다. 그러니 본격적인 여행을 시작하기에 앞서 카노 선생의 힘찬 기운을 전달받고 싶었다.

카노 선생은 자가 배전 원두를 판매하는 '그라우벨Glaubell'을 운영한다. 매장을 갖고 있지는 않다. 오직 인터넷으로만 판매한다. 현재는 원두 판매와 커피 강습, 카페 프로듀스에 이르기까지 그 영역을 넓혀가며 활발히 활동 중이다. 한 달에 한 번꼴로 열리는 커피 교실은 3~4명 정도의 신청자만을 받는다. 취미로 커피를 배우려는 사람들과 전문적으로 배우려는 사람들이 모여 지식을 공유하는 소규모 워크숍 형식이다. 덕분에 두 시간 남짓 이어지는 수업 시간 동안 참가자들은 농도 짙은 커피 지식을 내 것으로 흠뻑 취한다.

수업은 '그라우벨'에서 직접 로스팅한 원두 가운데 산지産地와 로스팅의 정도에 따른 맛과 핸드 드립 방법을 배운다. 또 참가자 전원이 직접 커피를 내려 서로의 맛을 비교해보는 방식으로 진행된다. 물론 모든 수업은 일본어로 이루어진다. 그러니 내가 수업 내용을 100퍼센트 이해했다고는 말하기 어렵다. 하지만 나는 다른 이의 이야기에 귀를 기울이고 내가 느끼는 바에 대해 솔직하게 전하려고 노력했다. 카노 선생의 가르침 아래 서로의 관심과 열정을 공유한 참가자들은 금세 커피 친구가 되고 만다. 그리고 그때의 경험은 내게 커다란 자산으로 남았다.

GLAUBELL

나는 실로 오랜만에 카노 선생을 만나기 위해 길을 나섰다. '그라우벨'로 향하는 발걸음에서 심장 뛰는 소리가 들렸다. 4년 만에 찾아가는 길이었지만, 오래전 기억은 생생히 되살아났다. 덕분에 길 한 번 헤매지 않고 '그라우벨' 간판이 작게 걸린 카노 선생의 집 앞에 닿았다. 기대감과 함께 왠지 모를 긴장감이 몰려왔다. 나는 심호흡을 하고, 시간을 확인했다. 벨을 누르자, 오래전 기억 속으로 빨려 들어갈 듯 추억의 문이 열렸다. 문틈 사이로 코끝을 간질이는 커피 향이 쏟아졌다. 그리고 변함없이 밝고 건강한 카노 선생이 모습을 드러냈다.

2nd

그라우벨, 카노 선생님

Glaubell

- 윤정씨~ 오랜만이에요!
- 그간 안녕하셨어요? 건강하시죠? 오랜만에 왔어요.
- 어서 올라와요. 윤정씨 온다고 청소중이었어요. 작업실에 앉아 있어요.
  나는 잠깐 위층에 올라갔다 올게요. 우리 딸아이하고도 인사해야지.

카노 선생은 이전과 조금도 변하지 않았다. 목소리와 표정에서 건강함이 느껴졌다. 그런 선생을 마주하니 어떤 인사말보다도 기뻤다. 이제 갓 중학생이 된 딸을 불러와 인사를 시키는 모습은 여느 엄한 어머니와 다르지 않지만 '우당탕탕' 요란스럽게 계단을 오르내리는 모습은 선생의 쾌활한 성격을 그대로 반영한다.

- 많이 기다렸죠.

- 아뇨. 시간 내주셔서 감사해요. 오는 내내 긴장돼서 혼났어요.

- 왜요? 길을 잃을까 봐?

- 하하. 정말 오랜만이잖아요. 커피 강좌를 들으러 왔던 것도 벌써 4년 전 일이랍니다.

- 벌써 시간이 그렇게 됐군요.

- 시간이란 게 참 무섭죠? 그때는 일본어도 서툴렀고 커피 수업은 난생 처음이었는데 말이죠.

- 그때 수업은 어땠어요?

- 저는 마냥 좋았죠. 그렇게 다양한 원두를 직접 내려서 맛볼 기회가 왔으니까요. 무엇보다도 똑같은 원두인데도 내리는 사람에 따라 그 맛이 달라진다는 사실이 놀랍고 흥미로웠어요.

- 요즘도 집에서 직접 커피 내려 마셔요?

- 그럼요. 매일 내려 마시죠. 가끔은 카노 상의 책을 펼쳐놓고 핸드 드립 공부를 다시 할 때도 있어요.

- 세상에 고마워라. 작은 도움이라도 된다면 그것만으로도 기뻐요.

그 사이 카노 선생은 작업실 한구석에 가지런히 정리된 원두를 꺼내 즉석에서 블렌딩한 커피를 대접해주었다. 4년 만에 마셔보지만 풍부한 맛과 향, 깔끔한 끝 맛이 인상적이다.

- 아~ 역시 카노 상 커피는 정말 맛있어요. 진하면서도 깔끔한 커피 맛을 저는 흉내 내지 못하는 걸요.
- 고마워요. 윤정씨는 전부터 진한 커피 맛을 좋아해서 일부러 진한 맛의 원두를 베이스로 했어요. 여기에 다양한 풍미가 나게끔 다른 원두도 적절히 배합했죠. 맛있다니 다행이네요
- 오랜만에 마시는 카노 상의 커피라서 더욱 기뻐요. 맛있는 커피로 시작하는 하루는 그날의 기분을 좌우하기도 하니까요.

우리는 잠시 동안 카노 선생의 손때가 묻은 로스팅 기계 앞에 놓인 작은 테이블에 마주앉아 하루를 시작하는 '첫 커피'의 향을 깊이 음미했다. 커피 향이 조금 더 깊어졌을 즈음 나는 그동안 묵혀뒀던 이야기를 하나둘

풀어놓았다.

- 저는 카노 상이 도쿄에 그라우벨을 열게 된 계기가 흥미로웠어요. 도쿄에서는 맛있는 커피를 만나지 못해서라던…….

- 하하하, 맞아요. 알다시피 나는 삿포로에서 나고 자랐어요. 삿포로는 맛있는 커피를 파는 카페가 정말 많아요. 그 맛이 당연하다고 생각하며 자랐죠. 그런데 결혼을 하고 도쿄에 살면서는 그런 맛을 만나지 못했어요. 가격은 왜 또 그리 비싸던지. 차라리 내가 좋아하는 커피를 직접 만들어 마시자고 결심했지요.

- 그렇더라도 직접 로스팅을 하겠다는 결심은 쉬운 게 아니잖아요.

- 물론 쉬운 일은 아니죠. 하지만 나는 원래 커피를 좋아했고 언젠가는 커피와 관련된 일을 해야겠다고 은연중에 생각하고 있었나 봐요. 처음에는 지인과 함께 시모기타자와下北沢 근처에 작은 카페를 열어 커피 공부를 시작했어요. 돈도 부족하고 가진 것도 없어서 쉽지 않았지요.

- 카페도 하셨어요? 처음 들어요.

- 2005년까지 시모기타자와와 요코하마横浜에서 3년 정도 했어요. 그땐 정말 돈이 없어서 벽에 칠도 직접 했었어요.

- 카페를 운영하시다가 전문 로스팅 하우스로 전향하신 계기가 있을 것 같아요.

- 사정이야 여러 가지 있었겠죠. 가장 큰 이유는 카페를 하면서 제대로

된 커피 연구를 하는 게 말처럼 쉽지 않았다는 점이겠지요. 당시에는 딸아이도 어려서 카페 문을 닫고 집에 돌아오면 육아에 전념해야 했어요. 당연히 원두 로스팅을 공부할 시간은 턱없이 부족했고, 연기와 소음이 심한 로스팅 기계를 밤늦은 시간에 돌린다는 건 도저히 불가능했어요. 커피를 가르쳐줄 선생도 없어서 독학으로 공부를 하는데 시간마저 나지 않으니 힘에 부쳤지요. 그런 점 때문에 결국 카페를 그만두고 로스팅에만 집중하자고 결심하게 된 거지요.

- 지금까지 독학으로 커피 공부를 하셨다니 정말 대단하세요.

- 힘든 점도 많았어요. 독학으로 공부하다보니 벽에 부딪히는 순간들이 찾아 왔지요. 무엇이 옳고 그른지 판단이 서지 않을 때도 있었어요. 그런 연유로 지금은 많은 사람들과 교류하고 소통하려고 노력합니다. 그 시간을 통해 지금까지 몰랐던 커피의 세계를 깊이 있게 탐구하게 되었거든요.

- 자신이 좋아하는 일에 대해 몰두하고 하나의 세계를 만들어 간다는 카노 상의 신념이 존경스러워요.

- 저는 제가 좋아하는 일을 즐기는 것뿐이에요. 참, 최근에 새로운 도전을 하게 됐어요. 지금까지는 핸드 드립 위주로 원두를 로스팅해왔는데, 얼마 전 에스프레소용 원두를 저에게 특별 주문한 카페가 있었답니다.

- 핸드 드립 원두 로스팅과는 차이가 있지 않나요?

– 맞아요. 그래서 처음에는 많이 망설였어요. 하지만 무농약 에스프레소 원두를 찾는 카페의 요청을 거절할 수 없었죠(그라우벨의 원두는 카노 선생이 특별히 찾아낸 농원에서 무농약으로 재배한 원두를 판매한다). 고민 끝에 주문을 받아들였어요. 커피도 결국 사람 입에 닿는 음식이니까 내가 마시고 내 가족이 먹는다고 생각하면 무농약 원두를 찾는 카페의 주문을 거절하지 못하겠더군요. 하지만 에스프레소에 대해서 제대로 알지 못하면서 원두를 판매할 수는 없다고 생각했어요. 결국 에스프레소 기계를 구입했지요. 그게 최선이었어요. 에스프레소 기계를

가까이 두고 로스팅하면서 가장 적합한 배전 정도를 찾아야 한다고 생각했으니까요.

- 역시 카노 상은 대단한 노력가세요.

- 노력가라니 쑥스럽네요. 당연한 일을 할 뿐이죠. 내 자신에게 부끄럽지 않은 원두를 제공하는 것. 그게 그라우벨을 시작할 때 가진 마음가짐이니까요. 어떤 일이든 그만한 각오 없인 해낼 수 없잖아요?

이야기를 듣는 동안 찻잔에 담긴 커피는 식었지만 카노 선생과의 대화는 더욱 뜨거워졌다. 선생의 이야기를 경청하면서 나는 카노 선생이 품은 일에 대한 열정과 애정이 얼마나 크고 깊은지 짐작할 수 있었다. 카노 상이 나지막한 목소리로 강조한 일에 대한 '각오'는 '애정'의 또다른 표현이 아닐까.

- 카노 상과 이렇게 대화를 하다보니까 그라우벨의 커피 수업이 다시 생각나요. 기회가 되면 또 듣고 싶어요.

- 내겐 영광이죠. 일본에는 얼마나 있을 예정인가요?

- 3주 정도 있을까 하는데 정확하지는 않아요. 도쿄에 오랜만에 온 만큼 이 시간을 즐기고 싶어요. 보고 싶은 사람들도 많고……

- 만약 그 사이 커피 강좌가 있으면 한 번 오는 건 어때요?

- 물론이죠! 꼭 듣고 싶어요!

- 제가 일정을 확인하고 연락할게요. 윤정씨가 온다면 나도 기쁘죠.

얼마 후 카노 선생으로부터 이메일이 왔다. 특별 강좌가 열린다는 내용이었다. 4년 만에 다시 듣는 카노 선생의 커피 수업이었다. 나는 들뜬 마음에 서둘러 답장을 보냈다.

'꼭 갈게요! 잘 부탁합니다.'

3rd

맛있는 수업

Glaubell

나는 요즘도 맛있는 커피를 만들기 위해 카노 선생의 저서 『休みの日にはコーヒーを淹れよう』(한국에는 '일본식 커피 탐구생활'이라는 제목으로 출간되었다)를 자주 들여다본다. 이 책은 예전에 그라우벨 커피 수업의 교재 역할을 했었다. 한국으로 돌아와서는 이 책의 제목처럼 여유로운 시간을 조금 더 풍요롭게 보내고 싶을 때 종종 펼쳐 보곤 한다. 책 속에는 카노 선생이 들려주는 향기로운 커피 이야기가 가득하다. 그리고 지금, 모처럼 찾은 도쿄에서 또다시 그라우벨의 깊고 진한 커피 수업을 듣게 되었다. 설레는 마음으로 평소보다 부지런을 떨며 서둘러 집을 나섰다. 여행자의 하루를 달콤하게 물들이는 최고의 선물이 기다리고 있으니 게으름을 피울 겨를이 없다.

이번 특별 강좌에 참가한 신청자는 요리 연구가와 커피 애호가, 그리고 나까지 모두 세 명이었다. 그야말로 단출한 워크숍인 셈이다. 소규모 강좌인 점은 예나 지금이나 변함없지만, 이날의 수업은 전보다 더욱 풍부한 내용으로 잘 짜여 있었다. 수업에 사용되는 원두의 가짓수는 이전보다 늘었고, 실습용 핸드 드립 도구도 훨씬 다양해졌다. 수업 참가자들은 자유롭게 자신이 원하는 도구를 이용해 저마다의 커피를 만들었다. 각자 내린 커피는 모두 함께 시음했고 서로의 맛을 비교했다. 같은 선생 아래서, 같은 원두와 같은 도구로 커피를 내려도 사람에 따라 그 맛이 천차만별이라는 점은 여전히 신기하기만 했다.

특히 이날 수업에 참가한 사람들은 '도넛 드리퍼'에 대한 관심이 높았다. 평소 '하리오HARIO'를 사용하는 나로서도 '도넛 드리퍼'를 사용해볼 절호의 기회였다. 하지만 역시 처음 접하는 도구로 내 입맛에 맞는 커피

를 내리기란 쉽지 않았다.

- 도넛 드리퍼, 생각보다 어려운데요?
- 처음 사용하는 사람에게는 조금 어려울 거예요. 익숙해지려면 시간이 걸리는 드리퍼니까요.
- 제가 너무 서두르나 봐요. 커피 맛에서 서두른 흔적이 역력해요.
- 그래요? 어디 마셔 볼까요.

수업중에 서로의 커피를 나눠 마시는 일은 당연한 일인데도 나는 아직 내가 내린 커피에 자신이 없었다. 이래서야 훗날 카페를 연다는 건 꿈도 꾸지도 못할 것 같다.

- 음. 역시 진하네요. 윤정씨가 내리는 커피는 진하지만, 그건 윤정씨의 개성이니까 괜찮아요. 다만 너무 진할 경우 커피 본연의 맛을 느끼기 힘들 때도 있으니 커피 맛과 향을 조금 더 살려보면 어떨까요? 누구나 자기가 좋아하는 맛과 취향이 있죠. 커피도 그래요. 커피에는 '연하다' '진하다'는 단어만으로는 설명하기 어려운 무궁무진한 맛이 있어요. 그 다양한 맛 가운데 자신이 가장 좋아하는 맛을 찾는 게 커피를 공부하는 재

미죠. 원두를 보관하는 방법부터 커피를 내리고 그 맛을 느끼는 방법까지……. 자꾸자꾸 하다 보면 반드시 자신이 가장 좋아하는 하는 맛과 만날 거예요.

카노 선생은 어떤 순간에도 옳고 그름의 선을 긋는 법이 없다. 예나 지금이나 타인의 맛을 존중한다. 그것은 아마도 '맛'이란 지극히 주관적이므로 타인의 맛을 쉽게 판단하기 어려운 것임을 잘 알기 때문이리라. 하지만 자신의 경험에서 비롯된 맛에 대한 조언은 절대로 아끼지 않는다. 카노 선생이 커피 수업을 여는 이유도 '내게 가장 어울리는 맛'을 찾아가는 과정을 모두가 즐기길 바라기 때문인지도 모른다.

맛있는 초대

トコロ カフェ

"요즘 도쿄에서 가장 주목 받는 카페는 어디인가요?"

그라우벨에서 카노 선생과 도란도란 이야기를 나누던 중 나는 불쑥 그런 질문을 던졌다. 선생은 마치 기다렸다는 듯이 산겐자야三軒茶屋에 위치한 도코로 카페トコロ カフェ를 추천했다.

- 도코로 카페라면 저도 들은 적이 있어요. 아직 가보지는 못했지만 이번 기회에 꼭 한번 가 봐야겠네요.

- 그럼 시간 맞춰서 같이 갈까요? 찾기 어려운 곳에 있으니까 내 차로 같이 가요.

- 정말요? 저야 감사하죠!

- 그래요. 도코로 카페 주인도 윤정씨를 반가워 할 거예요.

며칠 후, 카노 선생의 초대장이 날아왔다.

"좋은 아침이에요. 윤정씨, 내일 시간 괜찮아요? 도코로 카페에 가지 않을래요? 윤정씨만 괜찮다면 도넛 드리퍼를 만든 나카바야시 상과 내 책을 만든 편집자, 그리고 '모이'의 이와마 상에게도 함께 가자고 청할 거예요. 그럼, 연락줘요. -카노"

여부가 있겠습니까. 나는 당장 답장을 보냈다. 도코로 카페는 예전부터 꼭 한번 가보고 싶었던 곳이었다. 게다가 도넛 드리퍼의 나카바야시 상과도 함께 간단다. 예정에 없던 만남이었지만 그래서 더 반가운 만남이기도 하다. 나는 어서 내일이 오기를 바랐다. 아직 깊지 않은 밤하늘을 바라보며 나는 설레는 마음으로 애꿎은 더딘 시간을 책망했다.

다음날 아침, 나는 약속 장소인 시모기타자와로 향했다. 그곳에서 카노 선생과 합류해 도코로 카페로 옮길 예정이었다. 약속 장소에는 나카바야시 상이 먼저 와 기다리고 있었다. 나카바야시 상과 나는 아주 오래전에 우연히 마주칠 기회가 있었으니 오늘의 만남은 정확히 말해 두번째인 셈이었다. 하지만 우리는 늘 이런 경우에 상대방이 나를 기억할지 어떨지 몰라 어색한 기분에 휩싸이고 말지 않던가. 그건 나도 마찬가지였다. 그런 탓에 우리는 서로 서먹하게 인사만 나누고 서둘러 카노 선생 일행이 기다리는 곳으로 발걸음을 옮겼다. 카노 선생의 차는 시모기타자와 역에서 조금 떨어진 곳에 세워져 있었다. 창문을 내리고 손을 흔드는 카노 선생에게 인사를 건네고 차에 올랐다. 차 안에는 카노 선생 외에도 반가운 얼굴들이 보였다. 용케 다들 와주었다는 생각에 고맙고 기뻤지만, 이렇게 한자리에 모여 다 같이 카페 탐방을 간다는 사실이 신기하기만 했다. 분명 신나고 즐거웠지만 나는 그와 동시에 혀끝이 저릴 만큼 시큼한 레몬맛 사탕을 입에 문 듯 턱 언저리가 묘하게 긴장되었다. 다행히 나는 긴장도 잘하고 적응도 잘하는 편이다. 덕분에 얼마 지나지 않아 내 몸을 감싸던 긴장과 어색함은 달리는 차창 밖으로 휘발되어 날아갔다.

도코로 카페トコロ カフェ와 와비사비侘・寂

トコロ カフェ

도코로 카페의 이름은 일본어로 '장소'를 뜻하는 단어 '도코로所どころ'와 '마음'을 의미하는 '코코로心こころ'의 합성어이다. 주인장이 직접 만들어 붙인 도코로라는 이름처럼 이곳을 찾는 모든 이들에게 '온전한 휴식처'가 되기를 자처한다. 산겐자야 역에서 제법 떨어진 후미진 동네에 둥지를 튼 지 5년. 정갈한 나무 향이 짙게 배어나는 이곳은 '와비사비侘・寂'로 통하는 일본의 전통적 미의식이 녹아 든 곳이기도 하다.

그럼 잠시, 도코로 카페의 이야기를 하기 전에 '와비사비'에 대해 짚고 넘어가보자.

'와비사비'를 사전에서 찾아보면 '황량함'과 '외로움'을 뜻하는 일본의 미의식이라는 설명이 나온다. 일본의 가집 만요슈歌集・万葉集는 '황량함侘し

い'을 '힘이 빠져나가는 느낌'으로 풀어냈지만, 오늘날에 와서는 '가난한 마음, 외로움, 불안, 차분함'이라는 의미로 사용한다. 또한 '외로움寂しい'은 '고독한 느낌, 조용하고 불안한 느낌'으로 쓰인다. 하지만 '와비사비'를 사전적 의미만으로는 충분히 이해하기 힘들다. 외국인으로서는 제대로 이해하기 어려운 일본만의 독특한 미의식이기 때문이다. 나는 결국 '와비사비'를 설명할 마땅한 방법을 찾지 못해 지인에게 도움을 요청하기로 했다. 일본에서 출판 편집자로 일하는 후지와라 상이라면 '와비사비'에 대해 가장 쉽게 설명해주리라는 확신이 섰다. 며칠 후, 후지와라 상은 부디 자신의 설명이 작게나마 도움이 되기를 바란다는 인사말과 함께 친절한 설명을 곁들인 답변을 보내왔다.

"'와비사비'는 일본인 가운데서도 제대로 이해하고 있는 사람이 많지 않을 겁니다. 그러니 외국인에겐 더더욱 어려운 일이겠지요. 일반적으로 센노리큐千利休(일본의 다성茶聖이라 불리는 인물, 그에 이르러서야 비로소 와비차わび茶가 완성되었다)에 의해 '와비차'라는 말이 다도茶道에서 사용되었기에 '와비사비わびさび'라고 하면 흔히 다도를 떠올립니다. 보통 다실茶室은 좁고 검소한 방 안에 족자와 한 송이 꽃 외에는 특별한 장식이 없습니다. 정적 속에서 물이 끓는 소리는 사람의 오감과 상상력을 자극하는 법이지요. 따라서 이처럼 간소하게 꾸민 다실은 눈에 보이는 세상에 연연하지 말고 마음으로 세상을 바라보라는 의미일 겁니다.

황실시대 일본은 매우 화려하고 장식이 많은 걸 아름답다고 여겼습니다. 그러나 사무라이시대에 접어들면서부터는 '검소함 속에 숨어 있는 아름다움을 발견'하는 것을 보다 소중히 여기게 되었습니다. 화려함을 버리고 소박한 생활로 돌아갈 때 비로소 인간은 마음의 안정을 찾는다는 사실을 깨달은 것이겠지요.

최근 일본에서는 '깨끗하고 화려한 새 물건' 대신 '낡고 수수한 물건'이 각광 받기 시작했습니다. 아마도 세월의 흔적이 더해진 절제된 아름다움을 추구하는 현대인들이 늘어난 탓인지도 모르겠군요. 덕분에 요즘은 골동품 가구나 자연친화적인 분위기로 꾸민 카페를 쉽게 찾아볼 수 있게 되었습니다. 그런 점에서 보자면 도코로 카페는 일본인이 생각하는 '와비사비'와는 다소 차이가 있을지도 모릅니다. 물론 다실을 연상케 하는 절제된 공간은 '와비사비'의 미의식과 상통합니다. 겉으로 드러내기보다는 마음으로 느끼기를 바라는 곳이 바로 도코로 카페입니다."

6th

돌아갈 장소場所, 그리고 다인茶人

トコロ カフェ

카노 선생 일행과 처음 도코로 카페를 찾은 날, 나는 이곳이 나의 새로운 안식처가 되리라는 강렬한 느낌을 받았다. 그것은 오래전 모이moi라는 보금자리를 찾아냈을 때 느꼈던 떨림과도 닮았다.

카노 선생은 "윤정씨는 처음 왔으니까 우에무라 상이 커피를 내리는 모습을 가까이서 봐요"라며 카운터 자리를 내주었다. 나는 얼떨결에 무대 맨 앞에 앉은 관객이 된 기분으로 막이 열리기를 기다렸다.

– 이렇게 여러분이 보는 앞에서 커피를 내리려니 긴장되는군요.

우에무라 상도 쑥스러운 듯 말간 웃음을 지어 보였다. 하지만 이는 우에무라 상의 겸손에 불과했다. 에스프레소 머신 앞에 선 우에무라 상은 마치 악기를 다루듯 수동식 커피 기계를 리듬감 있게 다루었다. 그의 손에서 에스프레소 머신은 진한 향기를 머금은 커피를 감미로운 음악처럼 쏟아냈다. 일순간 내 눈에는 향기를 소리로 승화시키는 악사가 비쳤다. 한편으론 작은 체구의 우에무라 상이 크고 단단한 바위처럼 느껴지기도 했다.

절도 있는 동작으로 에스프레소를 내린 우에무라 상은 잘 짜인 동선을 따라 차 가마茶釜(차를 마시기 위해 물을 데워 놓는 가마) 앞으로 몸을 옮겼다. 무쇠 가마에 길게 누운 대나무 히샤쿠柄杓(국자)를 손에 쥔 그는 절제된 동작에 힘을 실어 차 가마의 온기를 찻잔茶碗에 옮겨 담았다. 그의 손에서 히샤쿠는 마치 무사의 검 같았다. 그것은 18세기의 무사가 환생해 차 대신 커피를 다리는 광경이었다. 악사의 혼이 담긴 향기에 무사는 온기를 더하고, 히샤쿠와 가마가 맞부딪히며 공명하는 순간 마침내 다인茶人은 모습을 드러낸다. 그리고 한 잔의 '유와리ユワリ'가 완성된다.

'유와리'는 우리에게 익숙한 아메리카노와 흡사하다. 그러나 찻잔에 담긴 검은 액체를 두고 '커피'라 부르기는 어려울 듯하다. 그것은 까만 밤의 공기 같은 그윽한 향을 지닌 '차茶'라고 해야 옳다.

- 우에무라 상이 커피 내리는 모습은 굉장히 인상적이었습니다.

- 쑥스럽군요. 사실 우리 카페를 찾는 손님 중에서는 제가 커피를 내리

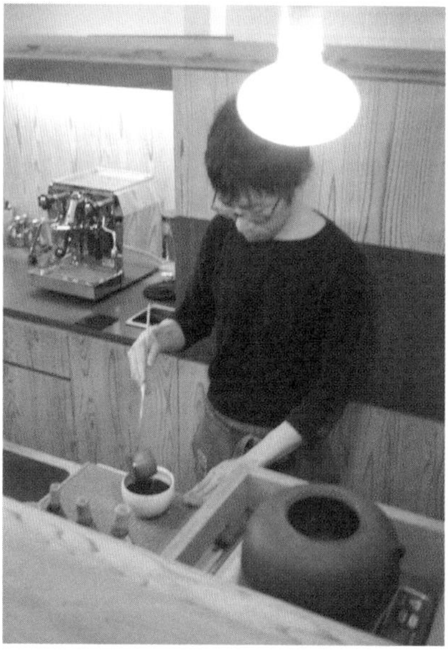

는 모습이 보고 싶어 일부러 '유와리'를 주문하는 경우가 많아요. 그래서 때로는 커피를 내리는 제 모습이 단순한 퍼포먼스로 오인 받는 건 아닐까 걱정스럽기도 합니다.

- 그렇게 생각하는 사람들이 있을까요?
- 없다고는 못하겠죠. 하지만 그런 손님들도 결국엔 우리 카페의 정서를 받아들입니다. 일본의 다도 문화가 스며든 카페를 만들고자 했던 저의 오랜 바람을 이해해주는 거겠죠.
- 도코로 카페에 앉아 있으면 시간이나 공간 감각을 잃어버릴 것 같아요.
- 윤정 씨도 그런 생각을 하는군요. 카페를 찾는 단골손님 중에도 그런 말을 하는 사람들이 많습니다. '도코로 카페는 교토다'라고 말하는 이들도 있죠. 그럴 때면 저의 바람이 사람들에게 제대로 전해지고 있구나 하고 안심이 됩니다.
- 우에무라 상과 도코로 카페에 대한 이야기를 좀더 나누고 싶어요.
- 우리 가게가 윤정 씨 마음에 든 모양이군요. 고마워요. 언제든 다시 찾아주세요. 다음에 오면 '도코라테トコラテ'를 추천할게요. 제가 가장 자신 있게 권하는 메뉴랍니다.
- 조만간 다시 와야겠네요. 도코라테를 마셔보기 위해서라도, 꼭!

며칠 후, 나는 도코로 카페를 다시 찾았다. 산겐자야 역에서부터 몇 번이나 택배원과 경찰관의 도움을 받고 나서야 겨우 도코로 카페에 닿을 수

있었다. 거대한 도시라는 '숲'에 다인이 파놓은 동굴을 찾아가기란 역시 만만치 않은 일이다.

- 어서 와요. 찾느라 힘들었죠?
- 네, 조금요. 사실 좀 헤맸어요.
- 에구, 내가 괜히 미안하네. 이렇게 외진 곳에 있다 보니……. 우선 앉아서 차라도 한 잔 해요. 뭘로 드릴까요?
- 오늘은 '도코라테ㅏコラテ'를 마셔볼게요.

- 훌륭한 선택!良いチョイス

찰지고 고운 우유 거품이 하얗게 뒤덮인 '도코라테'는 과연 우에무라 상의 추천작으로 손색이 없었다. 커피의 씁쓸함을 부드럽게 끌어안은 고소한 우유 거품은 도코라테만의 특별함이다. 평소 텁텁한 우유 맛이 싫어 블랙커피만 고집하는 내게 도코라테의 맛은 라테의 매력을 돌아보는 계기가 되었다. 그래서일까. 지금도 나는 괜시리 마음이 허전하거나, 추운 날이면 우에무라 상이 만들어준 도코라테가 한없이 그리워진다. 도코라테의 보송보송한 우유 거품은 허한 속마저 달래줄 것만 같으니까.

- 도코로 카페에는 독특함이 있어요.
- 그래요? 예를 들면?
- 온통 나무로 만들어진 심플한 공간이나 일본 다도에서나 사용할 법한 차 가마. '유와리', '도코라테'처럼 이곳만의 메뉴도 이색적이지요. 도코로 카페를 특별하게 만드는 요소는 한두 가지가 아니에요. 카페를 열기까지 많은 노력과 준비가 필요했을 것 같아요.
- 그렇게 봐주니 기쁩니다. 사실 준비 기간만 10년이 걸렸어요. 전에는 카페와는 전혀 관계없는 일을 했었죠. 그런데 언젠가부터 망상 노트 같은 걸 쓰기 시작했어요. '만약 카페를 만든다면……' 하고 제멋대로 상상을 했죠. 처음에는 무료한 일상에 재미삼아 시작했는데, 어느새

진심으로 변해갔어요. 그 후로 10년 동안 착실히 아이디어를 적었습니다. 깨알 같은 아이디어도 많았지만 카페를 만들면서 정말 큰 도움이 되었습니다. 카페 이름이나 메뉴명도 모두 그때 만든 것들입니다. 가게 로고도 망상 노트에 적어 놓았던 것이지요. 윤정씨는 이 로고가 무엇을 뜻하는지 알겠어요?

우에무라 상은 도코로 카페의 로고를 가리키며 나에게 물었다. 정사각형 안에 크기가 서로 다른 사각형이 겹겹이 그려진 심플한 로고다.

- 글쎄요. 공간? 아님 의자를 상징하는 건가요?
- 아주 틀리지는 않았어요. 이 로고는 윤정 씨 말처럼 장소를 의미합니다. 그리고 마음을 형상화한 것이기도 하죠.

우에무라 상은 종이를 꺼내 그림을 그리기 시작했다.

- 이 로고는 '마음 심心' 자를 이미지화한 거예요. 이렇게 하나하나 따로 떼어 보면 '마음'이 되고, 다시 모으면 하나의 '장소'가 됩니다. 때론 크기가 다른 마음이 겹쳐지기도 하고 각각의 모양을 한 마음이 합쳐지기도 합니다. 하지

만 이 마음들이 모이는 장소나 공간은 모두 같아요. 도코로 카페와 이곳을 찾는 사람들처럼요.

눈에 띄는 간판 하나 없는 도코로 카페를 두고 처음에는 근처 주민들도 이곳이 카페일거라고는 전혀 눈치 채지 못했다고 한다. 여기에는 "눈에 띄는 간판을 세우거나 찾기 편한 곳에 문을 열어 손님을 많이 끌기보다 이곳을 진심으로 아끼고 좋아하는 사람들이 잠시 쉬다 가는 공간"을 꿈꾼 우에무라 상의 세심한 배려가 숨어 있다.

- 저는 사람들이 도코로 카페에서 편안한 시간을 보내길 바랍니다. 때론 저도 단골손님들과 대화를 나누기도 합니다만, 그보다 먼저 서로의 시간을 존중하고 배려하려고 노력합니다. 가끔은 단골 중에 카페를 추천해 달라는 분들도 계세요. 그럴 때면 저는 기쁜 마음으로 평소 눈여겨본 카페를 알려줍니다. 그러면 손님들은 그곳에 다녀온 후일담을 전해주기 위해 기쁜 얼굴로 도코로 카페에 와서 많은 이야기를 들려줍니다. 저는 그 시간이 무척 즐겁습니다. 저의 바람대로 도코로 카페가 모두의 '돌아갈 장소'가 된 것만 같거든요.

우에무라 상의 이야기를 듣던 중 나는 목 안쪽이 시큼하게 매어오는 걸 느꼈다. 오래된 추억이 떠올라서였다. 지난날 이국의 땅에서 찾아낸 보물

과도 같은 장소들이 환영처럼 떠올랐다 사라졌다. 오래전 도쿄에서의 생활이 외롭지 않았던 건 내게도 '돌아갈 장소'가 있었기 때문임을 나는 잘 안다. 이제는 생활자가 아닌, 여행자로 찾아온 도쿄에서 나는 또 하나의 장소와 만났다. 마음이 공간을 이루는 소중한 곳. 그리움과 재회하는 입구를 지나 작별의 출구만이 기다리는 쓸쓸한 길목에서 따뜻한 차 가마의 온기를 전해주는 곳. 그곳이 바로 도코로 카페이고, 나와 당신이 '돌아갈 장소戻る場所'이다.

도코로 카페 トコロ カフェ
東京都世田谷区下馬 3-38-2 1F
월, 수 14:00~18:00, 19:00~21:30 ● 토~일 13:00~19:00 ● 화요일, 목요일, 금요일은 쉰다.
www.tocoro-cafe.com

7th

도넛 드리퍼를 아시나요?

Donut Dripper

고노Kono, 멜리타Melitta, 칼리타Kalita는 핸드 드립에 사용되는 대표적인 페이퍼 드리퍼이다. 멜리타는 1908년 독일의 멜리타 벤츠 부인이 발명해 전 세계 커피 애호가들이 즐겨 사용하는 제품 중 하나다. 칼리타와 고노는 각각 1958년과 1973년 일본에서 만들어졌다. 이후 일본의 카페와 가정에서 두루 애용한다. 흥미로운 사실은 이들 페이퍼 드리퍼의 발명 이후 지난 40여 년간 이렇다 할 새로운 페이퍼 드리퍼가 나오지 않았다는 점이다. 여기에는 에스프레소 머신이 보급된 이유도 있을 것이고, 특별한 필요를 느끼지 못한 까닭일 수도 있다. 하지만 새로운 드리퍼의 탄생을 갈망하는 커피 애호가들도 분명 존재한다. 가령 '도넛 드리퍼Donut Dripper'를 만든 나카바야시 상처럼 말이다.

나카바야시 상은 본래 군마群馬 현에서 작은 카페를 경영하던 카페 마스터였다. 그런 그가 "좀 더 진하고 깊은 맛을 내면서도 끝 맛은 산뜻한 커피를 내리기 위해" 고안한 것이 바로 도넛 드리퍼이다. 도넛 드리퍼는 기존의 드리퍼와 견주어 봤을 때 맛은 물론 디자인적인 측면에서도 상당한 차별을 보인다. 나는 이전부터 도넛 드리퍼에 대단한 호기심을 갖고 있었다. 그리고 운 좋게 이번 여행에서 나카바야시 상을 만나 도넛 드리퍼에 대한 이야기를 나누게 되었다. 나카바야시 상은 평소 내성적이고 낯가림이 심하다는 지인의 짓궂은 노파심도 있었지만 나는 왠지 편하고 즐거운 시간이 되리라는 확신이 들었다. 내 예상은 틀리지 않았다. 오히려 생각지도 못한 깜짝 선물까지 준비해 온 나카바야시 상의 마음 씀씀이에 감동받았다.

- 정말 받아도 돼요?
- 그럼요. 윤정씨에게 드리는 선물인 걸요. 이걸로 맛있는 커피를 내려 마신다면 기쁘겠습니다.
- 정말 감사해요. 잘 쓸게요. 어쩌면 제가 한국에서 도넛 드리퍼 사용자 1호가 될지도 모르겠네요.
- 그렇다면 더욱 영광이죠. 잘 부탁해요.

우리는 에비스恵比寿에 위치한 이탈리안 레스토랑 & 카페 '비오스Bios'

에서 만났다. 비오스는 카노 선생의 무농약 에스프레소 원두를 취급하는 곳이다. 카노 선생이 볶은 원두를 에스프레소로 마실 기회는 흔치 않은 일이었으니, 내가 에스프레소를 주문하는 건 당연했다. 그리고 이탈리아에서 에스프레소를 공부하고 돌아온 바리스타가 내린 카노 선생의 커피는 역시 기대를 저버리지 않았다. 커피의 쌉싸래한 맛과 향을 한층 돋워주는 크레마crema가 오래 지속되며 깊은 감칠맛이 나는 에스프레소를 앞에 두고 나와 나카바야시 상은 한결 편한 기분으로 도넛 드리퍼에 대한 이야기를 나누었다.

- 평소 나카바야시 상도 에스프레소를 즐겨 드시나요?

- 카페를 운영할 당시에는 에스프레소 머신을 사용했으니까 그땐 자주 마셨어요. 진한 커피를 워낙 좋아합니다.

- 에스프레소 머신을 다루셨는데 드리퍼를 만들게 된 특별한 계기가 있나요?

- 아, 에스프레소 머신 하나만 사용했던 건 아닙니다. 핸드 드립도 병행했어요. 칼리타 드리퍼를 사용했었죠. 그런데 어느 날 다른 제품의 드리퍼로 내려 보았더니 커피 맛이 상당히 다르더군요. 도구에 따라 얼마든지 커피 맛이 변한다는 사실을 그때 알았습니다. 그 후로 내가 좋아하는 맛의 커피를 내릴 수 있는 드리퍼를 만들고 싶다는 욕심이 생겼어요.

- 새로운 드리퍼를 만들기 위해서는 상당히 시간이 필요했을 텐데요. 연구나 실험을 거듭해야 하잖아요.

- 연구라는 생각은 해본 적이 없어요. 제가 좋아하는 일이니까요. 물론 카페를 경영하는 사람들은 매일 커피를 연구하는 연구자나 다름없겠죠. 어떻게 하면 맛있는 커피를 내릴까, 어떻게 하면 손님들에게 최고의 커피를 대접할까 고민하니까요.

- 듣고 보니 그러네요. 다들 커피에 대한 강한 호기심을 가진 분들이니까요. 그럼 도넛 드리퍼를 만들기까지 얼마나 걸리셨어요?

- 음……. 2년 조금 넘은 것 같군요.

- 역시 꽤 걸렸는데요.

- 그런가요, 하하하.

- 도넛 드리퍼는 생김새부터 기존의 다른 드리퍼와 달라요. 디자인에 담긴 의미와 그 쓰임이 궁금해요.

- 드리퍼란 커피 맛을 좌우하는 핵심 도구니만큼 제가 생각하는 가장 이상적인 맛을 내게끔 고안했어요. 다른 드리퍼보다 깊이를 더 깊게 만든 이유도 물과 커피가 만나 커피 본연의 풍미가 살아날 시간을 늘리기 위함이었지요. 여기에 심플한 디자인이 더해진다면 장식을 위해서도 훌륭한 도구가 되지 않을까 생각했습니다.

도넛 드리퍼를 처음 봤을 때, 심플하면서도 단아함이 느껴지는 디자인에 먼저 마음이 끌렸다. 흰색의 유약을 바른 자기와 나무 지지대가 풍기는 온화하면서도 귀여운 외관은 인테리어 소품으로 활용하고 싶어질 정도다. 그렇다고 도넛 드리퍼가 단순히 '예쁜 얼굴'만 뽐내는 건 아니다. 도넛 드리퍼는 커피가 갖고 있는 맛의 장단점을 모두 담아내는 도구이기도 하다. 커피의 다양한 풍미를 살릴 줄 안다는 얘기다. 그렇다면 도넛 드리퍼의 어떤 점이 커피 맛을 이토록 풍부하게 하는 걸까. 나카바야시 상은 도넛 드리퍼의 세 가지 맛의 비밀을 다음과 같이 설명해주었다.

첫째, 드리퍼의 깊이를 이루는 각도(경사도)이다. 도넛 드리퍼는 기존의 드리퍼에 비해 길고 폭이 좁다. 이로 인해 같은 양의 커피 원두라 하더라도 원두 층이 훨씬 두터워진다. 따라서 자연스럽게 물과 원두가 닿는 시간이 늘어난다. 그 결과 좀 더 진하고 풍성한 맛과 향을 지닌 커피가 추출되는 것이다.

둘째, 드리퍼 하단 구멍의 크기다. 도넛 드리퍼를 처음 마주하는 사람이라면 누구나 추출 구멍이 지나치게 큰 게 아닌가 의아해할지도 모른다. 그렇지만 앞서 얘기한 '각도'의 비밀 덕분에 구멍의 크기는 커피 농도에 영향을 끼치지 않는다. 오히려 마지막 유출 시간을 짧게 유도함으로써 개운한 뒷맛을 느낄 수 있다.

마지막 비밀은 도넛 드리퍼 안쪽에 숨어 있다. 계단식으로 만든 벽면이 바로 세번째 맛의 비밀이다. 이 계단식 벽면은 종이 필터를 잡아주는 역할은 물론 드리퍼 벽을 타고 흐르기 쉬운 물을 중앙으로 모아주는 효과를 지닌다. 이것이 '산뜻하면서도 농도가 진한 커피'를 내리는 도넛 드리퍼만의 맛의 비밀이다.

- 도넛 드리퍼는 40여 년 만에 만들어진 새로운 드리퍼이자, 현재 일본에서 가장 주목 받는 커피 도구입니다. 도넛 드리퍼를 만든 장본인으로서 소감이 남다를 것 같아요.
- 솔직히 좀 부끄럽습니다. 많은 분들이 좋다고 말씀해주시고 애용해주시고 꾸준히 사랑 받는 건 감사한 일이지만, 그런 말을 들을 때마다 부끄러운 건 어쩔 수 없군요. 하지만 제가 만든 도구로 내린 커피 맛에 공감하는 사람들이 늘어난다는 건 무척 기쁜 일입니다. 그것이야말로 최고의 보람이지요.
- 한국에도 도넛 드리퍼로 내린 커피 맛에 공감하는 커피 애호가들이 늘었으면 좋겠어요. 그 일에 제가 도움이 된다면 정말 기쁠 거예요. 그러기 위해서라도 빠른 시일 내에 카노 상과 나카바야시 상이 서울에서 워크숍을 열면 좋을 텐데요.
- 좋은 생각이군요. 전 아무 때나 괜찮으니 다른 분들의 일정에 맞출게요. 추진해 봅시다.

나카바야시 상과 헤어져 집으로 돌아오는 길에 나는 기분 좋은 만남에 한껏 들떠 콧노래를 흥얼거렸다. 얼른 집에 가서 친구에게 오늘 만남에 대해 얘기하고 싶었다. 무엇보다 손에 들린 도넛 드리퍼로 내린 커피를 친구에게도 맛보이고 싶어 손이 간질거렸다. 친구도 그 맛에 공감해주면 좋으련만. 나의 이런 애끓는 마음도 몰라주고 오늘따라 전차는 유난히 더디게 간다.

도넛 드리퍼 www.dodrip.net
홈페이지를 찾으면 도넛 드리퍼에 관한 자세한 내용과 사용법(동영상)을 알 수 있다.

8th

커피 연구회

Coffee

평소 단골로 찾는 원두 가게에서 좋아하는 맛과 향의 원두를 배전 날짜와 배전 정도까지 꼼꼼히 살펴가며 구입했을 당신. 집에 돌아오자마자 냉큼 커피 기구를 꺼내어 커피를 내리고 혀끝을 자극하는 익숙한 맛과 향을 음미하며 한껏 여유로운 시간을 누리며 당분간 집에서 마실 커피 걱정은 덜었다고 안심할 터. 그런데 하루 이틀 지나면서 어쩐지 커피 맛이 조금 다르게 느껴진다. 이럴 때 당신은 아마도 '오늘 컨디션이 안 좋은가?' 하고 고개를 갸우뚱거릴지도 모른다. 물론 컨디션에 따라 혀가 감지하는 맛은 변하기 마련이지만 그 전에 원두의 보관 상태와 드립 방법을 한번 체크해보는 것은 어떨까.

우선 원두는 홀 빈hole bean과 가루원두의 보관법이 다르다. 홀 빈은 최대 2주 정도 상온 보관이 가능하다. 반면 가루원두의 보존기간은 2~3일 정도 밖에 되지 않는다. 따라서 가루원두는 한 번 내려 마실 분량을 나눠 담아 냉동 보관하는 것이 좋다. 홀 빈은 상온 보존이 가장 좋다. 단, 계절과 보관 상태에 따라 매일 그 맛이 변화한다는 점만은 잊지 말자. 또한 갓 볶은 원두가 항상 최상의 상태일 거라는 확신은 금물이다. 원두에 따라서는 배전 당일보다 며칠이 지난 후 최상의 맛을 내는 것도 있으니 맛의 변화를 주의 깊게 관찰할 필요가 있다.

핸드 드립 시 물의 온도에 따라 커피 맛은 크게 좌우된다. 100도로 팔팔 끓는 물을 바로 사용하는 일은 절대로 없다. 그렇게 하면 커피가 몽땅 타서 그저 아까운 원두를 버리는 꼴이 되고 만다. 물은 우선 핸드 드립 전용 포트로 옮겨 담는다. 이때 물의 온도는 약 5도 정도 떨어진다. 원두의 배전 정도에 따라 물의 온도에도 차이를 두는 것이 좋다. 약배전한 원두의 경우는 약 90도에 가까운 온도로 내리는 게 좋다. 이보다 낮은 온도의 물로 내리면 시고 떫은맛이 강해진다. 반대로 강배전한 원두는 80~85도 정도의 따뜻한 물로 내리는 게 좋다. 이보다 뜨거운 물을 사용하면 쓰고 탄 맛이 두드러진다.

그럼 집에서 일일이 온도계로 온도를 잴 수도 없는데 어떻게 하면 좋을까? 이때는 자신의 손바닥을 이용해보자. 커피를 내리기 전, 끓인 물을 옮겨 담은 포트 입구에 손바닥을 얹고 초秒를 잰다. 손을 대자마자 뜨거움이 전해져 온다면 90도 이상의 고온 상태이고, 대략 10초 가까이 손을 대고 있어도 괜찮다면 약 85도로 떨어진 상태다. 자, 이제 온도계 없이도 얼마든지 물의 온도를 가늠할 수 있게 되었으니 배전 정도에 따라 물의 온도에도 주의를 기울여 커피를 내린다면 좀 더 맛있는 커피를 마실 수 있지 않을까.

산겐자야三軒茶屋 킹콩

Baker Bounce

살다보면 익숙하진 않아도 어색하지는 않고, 분명 처음인데도 왠지 낯설지 않은 곳에 당도할 때가 있다. 내게는 산겐자야三軒茶屋가 그런 곳 중 하나다. 이곳의 지명은 에도江戸시대(1603~1867년) 찻집 세 곳이 나란히 자리했다 하여 붙여졌다. 덴엔토시센田園都市線과 세타가야센世田谷線이 교차하며 엄청난 수의 사람들을 쏟아내는 곳이기도 하다.

산겐자야는 자칫 번잡해보이지만 역 주변을 벗어나면 따뜻한 온기가 느껴지는 '길'이 우리를 기다린다. 길은 산겐자야의 가장 큰 매력이다. 도로 정비가 이루어지기 전부터 일대에 형성된 주택과 상점은 산겐자야 특유의 오밀조밀한 분위기를 만들어냈다. 사방으로 뻗은 길에는 크고 작은 상점가만 십여 개에 이른다. 발길 닿는 곳마다 옹기종기 모인 작은 가게와

klala

ICE

이들이 만들어내는 거리 풍경은 걷는 이에게 커다란 즐거움을 안겨준다.

도쿄에서 맞이하는 첫 주말, 나는 친구와 함께 산겐자야 나들이에 나섰다. 햄버거를 좋아하는 친구의 입맛에 맞춰 수제 햄버거로 유명한 '베이커 바운스Baker Bounce'에 가기 위함이었다. 아메리칸 다이너diner 베이커 바운스는 햄버거, 샌드위치, 스테이크를 전문으로 하는 미국식 레스토랑이다. 산겐자야에 처음 문을 연 이래 도쿄 미드 타운에 분점을 냈을 정도로 인기가 대단하다. 대표 메뉴는 뭐니 뭐니 해도 두툼한 소고기 패티를 끼운 햄버거이다. '베이커 바운스 오리지널 버거'를 비롯해 십여 가지가 넘는 햄버거가 메뉴판을 빼곡히 채우고 있다. 아메리칸 다이너라는 수식어답게 이곳의 햄버거는 마치 거대한 미국을 통째로 삼키는 기분이 든다. 그 점이 상당히 재미있다. 도쿄에서 제법 다양한 요리를 맛봤지만, 이렇게 진한 '미국 맛'은 생전 처음이었다. 과연 도쿄는 미각만으로 세계 여행이 가능한 도시임에 틀림없다.

산겐자야 길을 걷는 재미는 상점가 '킹콩'을 만날 때 절정에 다다른다. 옛 영화 속 장면을 현실 세계 속에서 맞닥뜨리는 진풍경이 눈앞에 펼쳐진다. 건물 옥상 난간 아래로 팔을 늘어뜨리고 조심스레 자신의 손바닥 위에 소녀를 앉힌 킹콩의 모습은 위협적이라기보다 친근하고 푸근해보인다. 마치 거리를 지키는 거대 수호신처럼 말이다. 하지만 이곳에 킹콩이

사는 이유는 여전히 의문으로 남아 있다. 여러 사람에게 물어보았지만 아무도 내게 명확한 답을 주지 않았다. 하긴 언제부터 왜 이곳에 킹콩이 살기 시작했는지는 중요하지 않다. 한 가지 분명한 건 킹콩의 존재가 이곳 주민은 물론 산겐자야를 찾는 이들에게 매우 특별한 즐거움을 선사한다는 점이다.

산겐자야三軒茶屋 **킹콩**
東京都世田谷区太子堂 5-13-5
www.bakerbounce.com

2장

일본의 맛

화과자和菓子 견습생과 마메

まめ

어느 날 친구 미쓰요에게서 한 통의 메일이 왔다. 그동안의 안부와 서로에 대한 그리움을 전하는 서두에 이어, 얼마 전 10년 가까이 다니던 회사를 그만두고 화과자和菓子를 배우기 위해 학교에 진학했다는 이야기를 전했다. 나는 적잖이 놀랐다. 친구의 막연한 결심은 전부터 알고 있었지만 쉽게 결단내리기 어려워 망설인다는 것도 알았다. 오랫동안 몸담았던 회사를 나오기까지 수없이 고민하지 않는 사람이 누가 있을까? 그러니 나는 이제부터 친구의 용기 있는 선택에 응원을 보낼 수밖에 없다.

미쓰요는 이런 내 마음을 잘 안다는 듯 "회사를 그만두고 그동안 하고 싶던 공부를 시작해서인지 이전보다 몸을 더 많이 움직이는데도 살이 통통하게 쪘어. 마음이 편해서 그런가 봐"라고 오히려 나를 안심시켰다.

그리고 지금 나는 하라주쿠 역 앞 건널목을 건너오는 친구의 환한 얼굴을 본다. 보기 좋게 살이 올라 더욱 건강해진 모습으로 친구는 반갑게 손을 흔든다.

- 윤정. 보고 싶었어.
- 어머? 누구세요? 크크크.
- 정말 신기하게 살이 올랐지?
- 응. 보기 좋아! 건강해보여. 다행이야.

진심이었다. 밝은 얼굴로 나타난 친구의 모습은 행복해보였다. 우리는 근처로 자리를 옮겨 산처럼 쌓아둔 이야기를 나누었다. 메일로는 다하지 못한 얘기들이 너무 많았다.

- 학교는 어때?
- 재미있어. 동기들이 성별, 나이 모두 다르지만 화과자를 배우겠다는 마음만은 같아서인지 서로 도움도 많이 되고 의지가 돼.
- 전에 메일로 화과자 전시 사진을 보내줬었지.
- 아, 학교에서 열린 문화제에 참여해서 만든 화과자였어. 나는 핀란드를 테마로 만들었기 때문에 보통 화과자에서 사용하지 않는 푸른색을 많이 넣어 만들었지. 그건 순전히 전시용이야.

- 엄청 예뻤어. 역시 재주가 남다르다고 생각했어.

미쓰요의 말에 따르면 화과자는 음식으로 만들어지는 것과 예술작품으로 만들어지는 것에 따라 소재나 색감에서 차이가 난다고 한다. 일반적으로 화과자는 '화조풍월花鳥風月'을 기본 중의 기본으로 여기고, 그 이미지에 맞는 재료와 모양, 색감을 살려 계절에 따라 변화를 준다. 또한 일본에서는 장인匠人이 만든 화과자를 하나의 예술품으로 인정하고 작품 전시를 하는 등 화과자에 담긴 상상력과 창의력을 중시한다.

- 나도 미쓰요가 만든 화과자 먹어보고 싶다.
- 그럴 줄 알고 만들어 왔지. 윤정에게 주는 선물이야.
- 진짜? 보여줘, 보여줘.
- 여름이 다가오지만 저물어가는 봄의 이미지를 떠올리면서 만들어봤어. 윤정이 좋아하는 팥도 들어 있고 커피와도 어울릴 거야.

나는 미쓰요가 만든 화과자를 받아들고 뛸 듯이 기뻤다. 나는 미쓰요의 손끝에서 만들어진 노랗고 푸릇푸릇한 싱그러움이 담긴 화과자를 한참동안 감상했다. 정말 먹기 아까울 만큼 예쁜 화과자였다.

- 고마워. 너무 예뻐서 지금 당장은 먹지는 못할 것 같아. 집에 돌아가

서 친구에게도 보여주고 함께 맛볼게.

- 그렇게 해. 다음에는 내가 추천하는 화과자 전문점에 같이 가자. 윤정이 오면 꼭 한번 가고 싶었던 곳이야. 일단 낼 모레 가나자와金沢에 다녀온 후에 시간을 맞춰보자.

- 가나자와에 가?

- 응. 가나자와는 교토와는 또다른 일본의 전통적 풍경이 남아 있는 곳이야. 무엇보다 그곳은 화과자가 유명하거든. 때마침 다른 일도 있어서 겸사겸사 다녀오려고 해.

- 역시 부지런하다니까. 난 절대로 흉내도 못 내겠어.

그 후 미쓰요는 야간 버스를 타고 가나자와로 떠났다. 3박 4일 간의 짧은 여행이었다. 하지만 도쿄로 돌아왔을 때는 밀린 학업과 아르바이트로 좀처럼 여유로운 시간을 내기 힘든 눈치였다. 아쉬웠지만 나는 혼자서 화과자점을 찾아나서기로 했다. 미쓰요가 추천한 화과자 전문점 '마메まめ'는 미나미아오야마南青山에 있었다. 나는 아오야마 역에 내려 미쓰요가 일러준 대로 좁고 후미진 골목을 더듬어 가며 마메를 찾았다. 그곳은 듣던 대로 작고 소박하지만 정갈한 분위기의 화과자 전문점이었다.

내가 마메를 찾은 때는 정오를 조금 넘긴 시각이었다. 골목을 돌고 돌았을 때 멀리 마메의 간판이 보였다. 워낙 작은 가게라 헤매지 않고 찾았다는 게 신기할 따름이었다. 가게 안에서는 몇몇 사람이 화과자를 고르고

南青山
まめ

있었다. 나는 잠시 밖에 서서 내 차례를 기다렸다. 곧이어 꾸러미 하나씩을 들고 나온 사람들은 종종 걸음으로 홀연히 사라졌다. 그 후에도 마메를 찾는 사람들의 행렬은 그칠 줄 몰랐다.

겨우 안으로 들어선 나는 우선 진열대에 견본으로 올려놓은 화과자 종류를 유심히 살폈다. 그중 벌써 몇 개는 '품절'이라 적힌 작은 종이가 붙어 있었다. 그때서야 그날 판매할 화과자가 모두 팔리면 바로 문을 닫으니 서두르지 않으면 안 된다던 미쓰요의 충고가 떠올랐다. 하마터면 마메의 화과자 맛도 못보고 돌아갈 뻔했다.

나는 진열대에 놓인 먹음직스런 화과자와 모찌もち(일본의 떡)를 보면서 카운터 너머의 주인장에게 몇 가지 추천해주십사 부탁드렸다. 편안한 미소와 부드러운 목소리의 주인장은 내게 계절 한정 메뉴인 '망고앙マンゴーあん'(망고와 팥을 넣어 만든 화과자)을 추천했다. 나는 주인장의 추천대로 망고앙을 비롯 '메다마젠자이目玉ぜんざい'(경단이 들어간 팥죽), '마메다이후쿠豆大福'(검은 콩과 팥소가 들어간 일본 떡)를 골랐다. 그리고 가게 앞 테라스에 놓인 작은 테이블에 앉아 하나하나 포장을 뜯어 천천히 맛을 봤다. 대체 이 맛을 어떻게 표현해야 할까. 나는 고민이 되었다. '맛있다, 고소하다, 달다, 입안에서 살살 녹는다'와 같은 단편적인 형용사만으로는 마메의 맛을 제대로 전달하지 못할 듯싶었다. 맛만 놓고 보자면 두말 할 나위 없이 마메의 화과자는 훌륭하다. 본래 화과자는 보는 즐거움도 하나의 맛으로 간주한다고 말하지만, 그에 비하면 마메의 화과자는 소박한 모양 일색이

다. 어느 것 하나 튀지 않고 간소한 모양새를 뽐낸다. 그것은 오히려 화과자의 맛에 기품과 단아함을 더해 아름다운 조화를 이룬다. 아마도 미쓰요는 내게 이 단아함을 맛보이고 싶었는지도 모른다.

마메를 떠나기 전 나는 주인장에게 화과자 견습생이 된 친구의 이야기를 했다.

- 화과자를 공부하는 친구가 있어요. 그 친구가 제게 꼭 마메에 가볼 것을 권했습니다. 긴자銀座의 유명 화과자점 대신 이곳을 추천했어요. 마메에서 멋 부리지 않은 일본의 소박한 맛을 느껴 보라면서요. 아마도 친구가 머릿속에 그리는 화과자의 길이란 이처럼 꾸밈없고 정성이 들

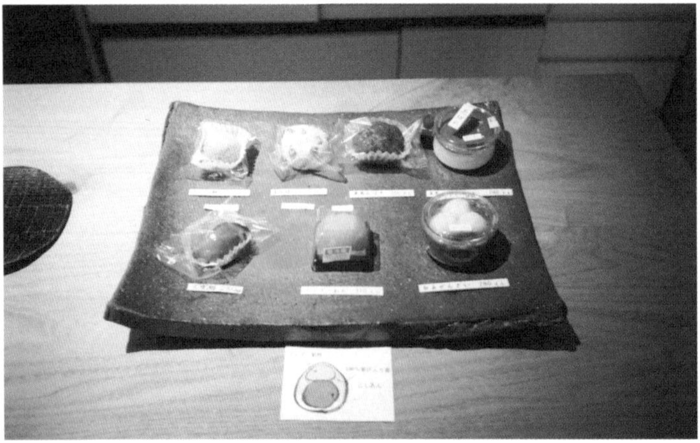

어간 것이라고 생각해요. 그 친구와 같이 왔으면 더 좋았겠지만 서울로 돌아가기 전 혼자라도 와보길 잘했다는 생각이 듭니다. 정말 맛있게 잘 먹었습니다.

집으로 돌아가면 우선 미쓰요에게 마메에 잘 다녀왔노라고 보고해야겠다. 친구가 말한 '맛'을 온전히 이해했다고 자신 있게 말하지는 못하겠지만 적어도 친구가 마음속에 그리는 맛을 살짝 엿본 것 같아 기뻤노라고 말할 수는 있으리라. 참, 앞으로 화과자 견습생을 넘어 장인이 되어 그 맛을 실현할 수 있기를 바란다는 응원의 메시지도 잊어서는 안 되겠다. 머지않아 그런 날이 오리라는 것을 나는 믿어 의심치 않으니까.

마메 まめ
東京都港区南青山 3-3-21 ● 10:00~18:00 ● 일요일, 월요일, 세 번째 주 화요일은 쉰다.
www.mamemame.info

2nd

이케부쿠로池袋 참새 방앗간, 스즈메야

すずめや

화과자점 마메가 단아하고 소박한 맛을 빚어낸다면 이케부쿠로池袋에 위치한 '스즈메야すずめや'는 일본 전통의 맛을 잇는다. 특히 이곳은 '도쿄에서 가장 맛있는 도라야키どら焼き'를 굽는 곳으로도 유명하다.

도라야키는 둥근 모양의 동그랗게 구운 팬케이크(혹은 카스텔라) 반죽 사이에 팥소를 넣어 만든 화과자다. 타악기의 하나인 '징'의 모양을 닮았다 하여 '도라'라는 이름이 붙었다. 그 기원은 1200년경으로 거슬러 올라간다. 긴 세월 동안 시대에 따라 다양한 모양으로 변천사를 겪어왔지만 현재의 부드러운 생지 사이에 팥소를 끼운 형태는 1914년 우에노上野에 문을 연 화과자점 '우사기야うさぎや'에서 처음 만들기 시작했다. 일명 '원조' 격인 셈이다. 약 100년의 전통을 지켜온 우사기야의 명성은 지금도 변

すずめ

함이 없다. 그런데 최근 이케부쿠로에 위치한 작은 화과자점이 우사기야의 명성에 도전장을 내밀었다. 미식가들 사이에서도 우사기야 파와 스즈메야 파로 나뉘어 도라야키 맛 대결을 펼칠 정도라고 한다. '토끼와 거북이'가 아니라 '토끼와 참새'의 맛 대결이다.

준쿠도 서점 뒷골목에 자리한 스즈메야는 일반 가정집을 개조해 만든 작은 가게이다. 언뜻 보면 가게가 아니라, 전통 가옥의 입구 같다. 기둥에 걸린 손바닥만한 나무간판과 돌계단, 붉은 꽃 한 송이는 이케부쿠로의 번잡한 거리 풍경을 일순간에 잠재운다. 점포 안 키 낮은 테이블 위에는 갓 구운 도라야키와 오하기おはぎ, 모나카モナカ 등이 정갈하게 놓여 있다.

일본 여행을 가도 화과자를 찾아 먹는 일이 드문 내게 스즈메야의 맛을 평가하기란 사실 불가능하다. 하지만 나의 무딘 혀로도 이곳의 맛이 보통 이상이라는 점만은 분명해보인다. 골고루 잘 구워 갈색 빛이 감도는 표면은 여느 도라야키와 별반 달라 보이지 않겠지만, 달콤한 팥소를 감싼 카스텔라 생지의 부드러운 찰기는 여느 도라야키와는 확연히 다르다. 이를테면 내유외강의 맛이라고나 할까? 겉보기와 달리 부드러운 감칠맛을 품은 스즈메야의 도라야키는 과연 '원조'의 아성에 도전장을 내밀 만하다.

이곳은 대형 화과자 전문점과 달리 가족이 운영하는 가게이기 때문에 소량 생산, 소량 판매를 원칙으로 한다. 가게 문은 오전 열시에 열지만 화과자가 모두 팔리면 시간에 관계없이 그날 영업을 마무리한다. 이와 같은 철칙 때문에 자칫 늦장을 부리기라도 하는 날에는 괜한 헛걸음에 약속한

마음만 안고 돌아가는 경우도 허다하다. 그야말로 '일찍 일어나는 새가 벌레를 잡는다'는 옛 속담이 딱 맞아 떨어지는 곳이다. 어쩌면 스즈메すずめ(참새)라는 이름도 애초부터 그런 의미로 붙여졌는지도 모를 일이다.

스즈메야すずめや
東京都豊島区南池袋 2-18-5 ● 10:00~소진까지 ● 일요일, 국경일은 쉰다.
www.d-suzumeya.com

3rd

요리 연구가 하마우치 치나미 선생을 만나다

Cooking Class

일본에는 요리 방송이 굉장히 많다. 아침에는 주로 요리 전문가가 진행하는 프로가 많고, 저녁에는 '스타 맛집 탐방' 또는 '스타 요리 대결' 같은 프로가 자주 방송된다. 예전에 나는 검정 가죽 핫팬츠를 입고 요상한 몸짓으로 '포!'를 외치며 인기를 끌던 코미디언이 나오는 요리 방송을 가끔 보곤 했다. 일본어 듣기 연습을 위해 습관적으로 틀어놓은 텔레비전을 무심코 봤을 뿐이지만, 아침 시간이면 꼭 그 요상한 차림의 코미디언이 요리 진행을 했다. 요리보다는 코미디언의 복장이 더 인상적이었던 프로로 기억에 남았지만, 훗날 함께 출연한 요리 연구가 하마우치 치나미 선생이 실은 일본에서 상당한 영향력을 지닌 요리 연구가라는 얘기를 듣고 무척 놀랐다. 더 놀라운 건 텔레비전에서만 보던 하마우치 치나미 선생을 여행

기간 중 만날 기회가 생겼다는 것이다.

평소 하마우치 선생은 만들기 쉽고 가족의 건강을 책임지는 요리를 소개하는 데 앞장서는 요리 연구가로 알려져 있다. 방송, 칼럼, 출판 등으로 눈코 뜰 새 없이 바쁜 와중에도 '제대로 된 가정식 요리를 만들고 싶다'며 요리학교를 설립하고 후학 양성에 힘을 쏟고 있다. 때마침 한국에서 일본 요리가 각광을 받는 요즘, 하마우치 선생의 요리에 대한 생각과 이야기가 궁금해졌다.

이른 아침부터 나는 선생의 자택이자 쿠킹 클래스가 열리는 선생의 작업실을 찾았다. 텔레비전에서 보던 분을 직접 만난다고 생각하니 살짝 설레기도 하고, 긴장도 되었다. 마음을 진정시키기 위해 심호흡을 한 차례 하고, 벨을 눌렀다. 집 안에서 개 짖는 소리가 우렁차게 들려왔다. 잠시 후 하마우치 선생이 문을 열고 나를 반갑게 맞아주었다. 키가 상당히 큰 선생에게서는 강한 카리스마와 자상한 성품이 동시에 느껴졌다. 방금 전까지 왕왕 짖어대던 풍채 좋은 개 한 마리도 꼬리를 살랑대며 다가와 낯선 냄새를 킁킁거리며 탐색했다. 나는 녀석의 머리를 다정하게 쓰다듬었다.

선생의 안내를 받아 들어선 작업실은 불필요한 가구나 장식을 배제한 넓은 주방으로 꾸며져 있었다. 이곳에서 하마우치 선생은 직접 요리를 만들기도 하고 학생들을 가르치기도 했으며 자신의 요리책에 들어갈 사진을 촬영한다고 했다. 선생의 직업이 요리 연구가이니 멋진 주방을 갖고 있는 건 당연했지만 잘 짜인 주방을 보니 몹시 탐이 났다.

- 선생님, 주방이 정말 멋져요. 여기서 학생들에게 요리 강습을 하시는 거군요.
- 네, 맞아요. 이곳에서 학생들과 함께 요리 실습을 한답니다.

나는 바쁜 와중에 일부러 시간을 내어준 하마우치 선생에게 고마운 마음을 전하기 위해 미리 준비한 롤케이크를 선물로 건넸다. 선생은 주방에서 식기를 꺼내 롤케이크를 소담스레 담고 향긋한 커피를 내렸다. 내심 긴장했던 나는 선생의 차분하고 다정한 목소리와 표정에 서서히 마음이 놓였다. 나와 하마우치 선생은 촉촉한 생크림이 돌돌 말린 케이크와 커피가 차려진 식탁에 마주앉아 맛있는 대화를 이어갔다.

- 요즘 한국에서는 일본 음식이 상당한 인기입니다. 몇 년 사이 일본 요리 전문점이 배 이상으로 늘어났지요. 돈부리, 라멘, 오코노미야키는 물론이고, 최근에는 일본식 오가닉 푸드를 메인으로 하는 카페나 식당도 늘어나는 추세예요.
- 일본에서는 한국 요리가, 한국에서는 일본 요리가 사랑 받고 있군요.
- 일본 가정식에 관심을 갖는 한국인들도 많아졌습니다. 관련 책도 많지요. 선생님이 보시기에 한국인들이 일본 가정식에 관심을 갖는 이유가 무엇이라고 생각하세요?
- 음……. 아무래도 일본인 스스로가 변화하고자 노력한 흔적과 가치가

녹아 든 음식이기 때문이 아닐까요. 버블 경제가 종언을 고하면서 일본인들의 생활과 사고방식은 크게 변했습니다. 겉모습을 중시하던 풍토에서 내면을 충실히 가다듬자는 의식으로 변화했죠. 이를 기점으로 사람들은 나와 가족의 건강에 대해서도 깊이 고민하게 되었어요. 삶의 내면을 돌아보고 가족을 중시하는 인식의 전환은 자연스럽게 식생활의 변화를 가져왔지요. 일본에서 유기농 음식이 각광을 받게 된 것도 같은 맥락입니다. 모두 삶의 방식에 보다 깊은 관심을 기울인 결과가 아닐까요?

- 네, 그런 점은 한국도 마찬가지라고 생각합니다. 자기 삶을 되돌아보고 재정비하려는 사람들이 늘어나고 있으니까요. 한편 젊은이들 사이에서는 일본으로 요리 유학을 오는 사람들도 많습니다.

- 그건 대단히 고마운 일이네요. 무엇보다 음식의 본산지에 와서 요리를 배우고 제대로 된 음식을 만들겠다고 노력한다는 점이 매우 훌륭합니다.

- 선생님은 일본의 요리 전문가이시니까 유학생들에게 해주고 싶은 말씀이 있을 것 같아요.

- 글쎄요. 저는 한국 음식이든 일본 음식이든 한 나라의 음식을 제대로 이해하고 배우기 위해서는 단순히 기술만 익힐 게 아니라 그 나라의 역사와 문화를 함께 공부해야 한다고 봐요. 본래 음식이란 역사와 문화를 담아내는 것이니까요. 그러니 현지의 역사와 문화를 이해하는

건 그 나라 음식을 바로 보는 밑바탕이 되는 셈이지요.

- 음식은 사람이 살아가는 데 가장 기본을 이루는 것이니까, 역사와 문화를 함께 공부하면 보다 깊이 있는 음식을 만들 수 있다는 말씀이군요.

- 맞아요. 가장 중요한 것은 요리를 배울 때 지식과 기술을 '받아들이는 자세'입니다. 특히 일본 요리는 과정이 복잡하고 까다로운 요리가 많습니다. 그러나 모든 요리의 순서와 방법에는 다 그만한 이유가 있는 법이죠. 문제는 이를 받아들이지 않고 적당히 하려 들다가 결국 제대로 만들지 못하는 데 있어요. 어떤 요리든지 요리를 내 업으로 삼겠다고 결심한 사람이라면 요리에 관해서 만큼은 무엇이든 받아들이겠다는 자세를 가져야 해요.

모든 일에는 과정이 있다. 그 과정을 차근차근 밟아야 원하는 성과를 얻게 된다는 선생의 말씀은 비단 요리에만 국한된 이야기는 아니리라. 살다보면 우리는 귀찮다는 이유로, 혹은 조급함 때문에 과정을 무시하는 과오를 범한다. 하마우치 선생이 강조한 '자세'란 배움에 있어 늘 겸손과 겸허를 잃지 말라는 의미일 터이다. 더불어 선생은 요리 유학을 꿈꾸는 사람들이 어떤 요리를 배울 것인지를 명확히 해야 할 필요가 있다고 당부했다.

- 요리 유학을 결심했다면 무슨 요리를 배울지 명확히 해야 합니다. 목표가 뚜렷해야 그에 맞는 '입구'를 찾을 수 있습니다. 예컨대 일본 전

통요리를 배울 생각이면 교토로 가는 게 맞고, 소바를 배우겠다면 관동 지방으로 오는 것이 맞겠죠. 만약 스시를 배우고 싶은데 교토로 간다? 그건 있을 수 없는 일이에요. 교토는 주변에 바다가 없기 때문에 스시가 발전하지 않았어요. 한국도 그렇겠지만 일본도 지역에 따라 음식문화가 천차만별이에요. 어떤 음식을 배우고 싶은지, 그 음식을 배우기 위해서는 어디로 가야 하는지를 정확히 짚은 후에 유학을 와야 '진짜' 요리를 배울 수 있습니다.

요리 연구가 하마우치 치나미 www.chinamisan.com

아카사카하마즈시, 런치의 여왕

赤坂濱寿司

하마우치 치나미 선생의 작업실을 나서기 전, 나는 얇고 가벼운 지갑을 가진 여행자들에게 추천하고픈 도쿄 맛집을 알려달라고 부탁했다. 선생은 한 곳을 콕 집어 추천하기는 어렵지만, 도쿄에 왔으니 스시는 꼭 맛보라고 귀띔했다. 쓰키지築地 시장이라면 제법 저렴한 가격에 신선한 스시를 배불리 먹을 수 있겠지만, 시간이 여의치 않다면 길을 걷다 마음이 동하는 가게에 앞뒤 재지 말고 불쑥 들어가보는 것도 여행의 재미가 아니겠냐는 말도 남겼다.

그리고 마침 지인으로부터 아주 좋은 맛집 정보를 입수했다. 스시를 좋아하기는 해도 부담스런 가격 탓에 100엔 회전초밥 집만 전전한 기억이 있는 이들에게는 귀가 번쩍 뜨일 정보다. 무려 요리 경력 30년의 베테랑 요리장의 손맛이 살아 있는 곳이었다. 새콤달콤한 밥 위에 올린 신선한 생선회를 1000엔이라는 고마운 가격으로 맛볼 수 있는 곳! 그런 얘기를 듣고 가만히 있을 사람이 과연 몇이나 될까? 나는 냉큼 지인을 따라 나섰다. 우리가 향한 곳은 히로오広尾에 위치한 '아카사카하마즈시赤坂濱寿司'라는 스시 전문점이다. 이곳은 점심시간 한정으로 1000엔에 스시 정식을 제공한다. 아카사카하마즈시는 아카사카 본점과 히로오 분점으로 나눠 운영되지만, 런치 타임 가격은 히로오 점에만 있다.

정오를 막 넘긴 시간, 나는 아카사카하마즈시의 문을 열고 들어섰다. 실내는 여느 스시 전문점과 크게 다르지 않다. 아직 실내는 한산한 분위기가 감돌았으나 카운터 자리 앞에 마련된 개방형 주방에서는 깐깐한 인상의 주방장과 견습 요리사가 재료를 손질하고 스시를 만드느라 여념이 없었다.

나는 카운터 자리에 자리를 잡고 점심 메뉴를 주문했다. 잠시 후, 테이블 위에 푸른 나뭇잎 한 장이 곱게 깔렸다. 접시 대용이었다. 이윽고 주방

장은 빠른 손놀림으로 밥을 뭉치고 그 위에 붉은 살 생선, 흰 살 생선, 문어, 연어 등 두툼한 생선살을 먹음직스럽게 올렸다. 보기만 해도 군침이 도는 가운데, 윤기가 자르르 흐르는 스시가 내 앞에 놓인 나뭇잎 위에 하나 둘 올려졌다. 나는 주방장이 만들기가 무섭게 신선한 스시를 입속으로 밀어 넣으며 감탄했다. 촉촉하고 쫄깃하게 씹히는 생선살이 입속 바다를 요리조리 헤엄쳤다. 이것이 바로 30년 장인의 손맛이렷다! 30년 장인의 손으로 빚은 스시를 단돈 1000엔으로 배불리 먹는 점심식사라니, 이 정도면 나를 '런치의 여왕'이라 불러도 좋지 않을까?

나는 오랜만에 맛보는 스시 맛에 푹 빠져 엄하고 꼬장꼬장할 것 같던 백발의 주방장에게 기념으로 사진 한 장 찍어도 되겠냐고 물었다. 백발의 주방장은 다 늙은 노인네를 찍어 뭐하냐며 부끄러운 듯 손사래를 쳤다. 대신 인자한 할아버지의 얼굴로 짧은 대화를 간간이 주고받았다. 그는 삼십 년간 한눈 한번 팔지 않고 오직 스시에 전념했다고 했다. 그에게도 견습 요리사 시절이 있었다. 호되게 야단을 맞으며 일을 배웠다. 밥을 짓고 단촛물을 만들고 생선을 다듬고 스시를 만들기까지 오랜 시간이 걸렸다. 이제는 젊은 견습 요리사가 그의 곁을 지킨다. 일을 시작한지 이제 3년이 되었다는 견습 요리사도 언젠가는 주방장 할아버지의 손맛을 그대로 닮는 날이 오리라.

아카사카하마즈시赤坂濱寿司
東京都港区南麻布5-15-25 広尾六幸館ビル 1F●11:30～22:30

우동 카페, 부젠보

豊前房

우동, 소바, 라멘은 일본을 대표하는 면 요리다. 그중에서도 오동통한 면발과 담백한 국물이 일품인 우동은 우리에게도 널리 사랑 받는 음식이 되었다.

우동의 본고장을 꼽으라면 영화 〈우동〉으로 친숙한 가가와香川현을 들 수 있다. '사누키 우동' 으로 잘 알려진 이곳은 한국 방송에도 몇 번이나 소개됐을 만큼 화제를 모았다. 지금도 하루 수백 명의 관광객이 이곳의 우동을 맛보기 위해 '우동 택시'를 타고 800여 군데의 우동 순례에 나선다고 하니 내게도 기회가 주어진다면 꼭 한번 본고장 우동을 맛보고 싶다. 하지만 지금 내가 있는 곳은 도쿄가 아니던가. 가가와 현 우동 순례는 다음을 기약하기로 하고, 지금은 도쿄 우동 맛을 보기로 하자.

한국에도 맛집을 따로 소개하는 웹 사이트가 있는 것처럼 일본에도 다양한 맛집 정보를 모아놓은 사이트가 있다. 그중 '타베로그食べログ'는 수십 수백 명이 올린 후기와 평가에 의해 순위가 매겨진다는 점에서 상당한 신뢰를 받는다. 이를 반영이라도 하듯 최근에는 타베로그에 소개된 맛집을 묶은 책이 출판되기도 했다. 야심한 밤, 문득 우동 생각이 간절해진 나는 컴퓨터 앞에 바싹 붙어 앉아 타베로그 사이트를 열고 우동 집 정보를 살피기 시작했다. 사이트에는 유서 깊은 우동 집을 시작으로 저렴한 맛집에 이르기까지 수백 곳이 넘는 가게가 순위를 다퉜다. 나는 맛도 맛이지만, 기왕이면 특색 있는 곳을 찾고 싶었다. 그런 가운데 상위권에 랭크 된 우동 카페 '부젠보豊前房'가 눈에 들어왔다.

나카메구로中目黒에 위치한 '부젠보'는 '우동 카페'라는 수식어처럼 기존의 우동 집과는 확실히 차이가 있다. 레스토랑, 이자카야, 카페가 뒤섞인 묘한 분위기에 맛 또한 좋아서 우동 마니아들 사이에서는 제법 정평이 나있는 듯했다.

부젠보는 나카메구로 역에서 도보로 약 십 분 정도 걸린다. 히가시야마 우체국 모퉁이를 돌아 왼쪽 골목으로 들어서면 자판기와 입간판이 빛을 뿜는 부젠보가 보인다. 현대식 통유리 문에 색 바랜 붉은 노렌のれん이 걸린 부젠보 입구는 멀리서도 쉽게 찾을 수 있다.

노렌을 젖히고 안으로 들어서면 가장 먼저 벽면을 장식한 그림과 커다란 거울이 눈에 띈다. 자칫 촌스러워 보이는 낡은 의자와 소파는 10년을

豊
前
房

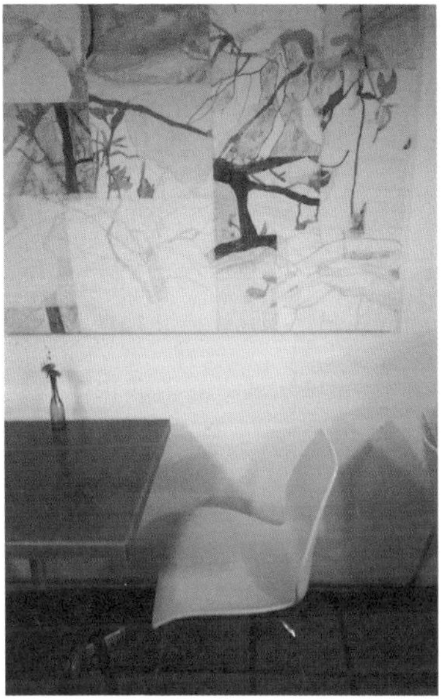

焼酎
兼八 かねはち(麦)
つわぶき紋次郎(芋)
三岳 みたけ(芋)
中々 なかなか(大麦)
八丈島 情け嶋(麦)
上等梅酒

넘긴 가게의 역사를 대변한다. 하얀 타일을 깔아 놓은 안쪽 카운터 자리는 반짝반짝 윤이 나고, 커다란 술병에선 알싸한 향이 났다. 우동 카페라는 이름에 걸맞게 커피, 주스, 디저트 메뉴까지 제대로 갖췄다. 그렇더라도 이곳의 메인 메뉴는 단연 우동이다. 규슈九州 부젠豊前에서 나고 자란 오너가 전국에서 선별한 신선한 재료로 깔끔하고 깊이 있는 국물 맛을 낸다.

나는 보통 처음 가는 곳에서는 그곳의 이름이 붙은 메뉴를 주문하는 편이다. 식당과 카페 이름이 붙은 메뉴는 그곳의 간판 메뉴이기 때문이다. 하지만 부젠보에서는 '부젠보 우동' 대신 '츠키미月見 우동'을 주문했다. 따뜻한 우동 국물에 탱글탱글한 달걀노른자가 밤하늘에 빛나는 달 같다고 해서 붙여진 이름이 마음에 들어서였다. 물론 이름만큼 맛 또한 기대 이상이다. 마치 지구와 달 사이에 존재하는 맛의 이야기가 입안 가득 전해지는 느낌이랄까. 참, 츠키미 우동과 함께 추천하고픈 메뉴가 있다. 후텁지근한 공기가 사람들을 집어 삼킬 것 같은 무더운 여름에는 새콤한 우메보시가 턱 끝을 울리는 '우메오로시梅おろし 우동'을 맛보길 권한다. 우메보시의 시큼함이 코끝을 간질이고 차가운 우동 국물이 목을 넘어갈 때쯤이면 무더위로 인한 짜증을 단번에 날려줄 테니 말이다.

우동 카페 부젠보豊前房
東京都目黒区東山1-11-15 ARK-11 1F ● 평일 11:45~14:30, 18:00~24:00
주말은 저녁 영업만 한다. 일요일, 국경일에는 23시에 문을 닫는다. 월요일은 쉰다.
www.buzjenbo.com

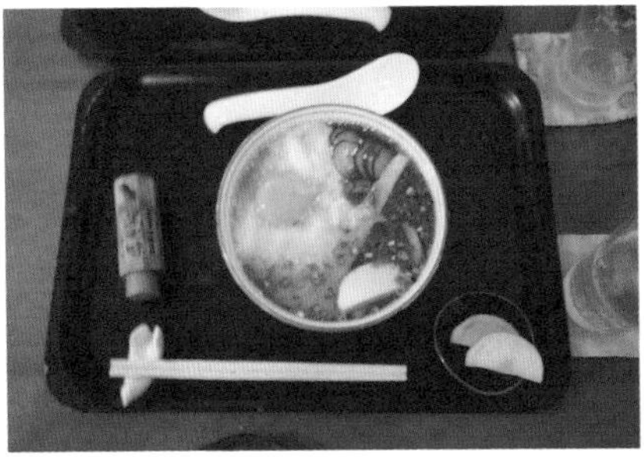

6th

동서의 교차점, 히로오

広尾

히로오는 해외 관공서와 외국계 기업이 밀집한 탓에 외국인 거주자 비율이 높은 지역이다. 지리적으로는 시부야구渋谷区에 속하면서 남쪽으로는 에비스恵比寿, 북쪽으로는 미나토구港区 니시아자부西麻布에 인접해 있다. 예전에 나는 히로오에 위치한 '내셔널 아자부 슈퍼마켓'을 가끔 찾곤 했다. '내셔널 아자부 슈퍼마켓'에서는 외국 식료품을 손쉽게 구할 수 있었다. 그래서 가끔 특별한 기분을 내고 싶을 때면 나는 이곳을 찾아 약간의 사치를 부리기도 했다. 하지만 슈퍼마켓보다 더 좋아했던 건 맞은편에 위치한 아리스가와 공원이었다. 낮은 언덕으로 이루어진 이 공원은 제법 울창한 숲이 우거졌다. 공원에는 한낮의 산책을 즐기는 사람들과 오순도순 담소를 나누는 사람들의 모습이 여유롭게 이어졌다. 게다가 공원 정상에

Felix
the CAT
Welcome!

BURDIGALA

こよみ

和カフェ
2F

는 '도쿄도립 중앙도서관'이 있었다. 마침 가방 안에는 무라카미 하루키의 소설 『기묘한 도서관 不思議な図書館』이 들어 있었고, 그때문인지 이곳 도서관에서는 책 속 이야기처럼 기묘한 일이 일어날 것만 같았다. 설마 진짜로 도서관 지하에 양의 남자가 살고 있는 건 아니겠지?

이 밖에도 히로오에는 도처에 보물 같은 장소가 남아 있다. 외국인들이 많이 거주하는 이곳에 세계 각국에서 건너온 맛집을 찾아보는 재미도 쏠쏠하겠지만, 두 눈 크게 뜨고 거리 곳곳에 숨은 일본의 맛과 멋을 찾아보는 것도 좋겠다. 그중 화카페和カフェ '후나바시야 코요미船橋屋こよみ'는 여행으로 지친 발걸음을 쉬었다 가기에 더없이 좋은 장소다. 이국적 풍경의 히로오 거리에 오롯이 자리한 후나바시야 코요미는 동서양의 문화가 사이좋게 뒤섞인 거리를 감상하기에 제격이다. 창립 200주년을 맞이한 화과자 전문점 후나바시야가 야심차게 문을 연 이곳은 일본의 맛과 분위기를 살린 화카페和カフェ를 지향한다. 이를 위해 1층에서는 화과자와 일본식 디저트를 판매하고, 2층은 차를 마시고 식사를 하는 카페로 운영한다. 또한 이곳은 '매일 먹는 음식이기에 질리지 않고, 맛과 건강에 좋은 재료만을 사용한다'는 원칙을 세우고 엄선된 맛을 고집하려는 의지가 엿보인다.

후나바시야 코요미 2층에 자리를 잡고 앉은 나는 히로오 구석구석을 돌아다니느라 피로해진 몸을 달콤한 일본식 푸딩으로 달랬다. 창가 자리에 앉은 덕분에 격자무늬 창을 통해 쏟아지는 오후의 햇살이 따사로웠다. 주위에는 식사를 하며 도란도란 이야기를 나누는 사람들과 한낮의 데이트를 즐기는 어린 연인이 다정한 한때를 보내고 있었다. 제법 긴 시간 동안 히로오 일대를 산책하느라 노곤해진 나는 잠시 눈을 감고 지나온 거리 풍경을 떠올렸다. 숲이 우거진 공원과 대사관이 늘어선 골목, 동서양이 혼재된 거리가 길게 이어졌다. 아무래도 길은 거기서 끝나지 않고 또다른 길로 이어질 듯싶었다. 그러니 나는 다시 길을 나서야겠다. 햇빛에 반짝이는 거리가 붉게 물들기 전까지 나는 이 길을 걷고 또 걷고 싶다.

후나바시야 코요미 船橋屋こよみ
東京都渋谷区広尾5–17–1
월~토 11:00~22:00 ● 일, 국경일 11:00~18:00

3장 …

맛있는 도쿄

RESTAURANT
IKOBU
イコブ

이탈리아에는 없는 나폴리탄, 이코부

IKOBU

"토마토케첩 소스로 만든 스파게티에 미소시루. 이게 바로 이탈리아에는 없는 나폴리탄이지!"

일본 문학지 《신조新潮》의 편집장 야노 유타카 상의 말이다.

토자이센東西線 카구라자카神楽坂 역 인근에는 무라카미 하루키의 『1Q84』를 출판한 일본 최대 출판사 신조 본사가 자리하고 있다. 이곳에서 발행하는 문예 잡지 《신조》는 100년 역사를 자랑하는 일본 대표 문학지이다.

나는 오늘 《신조》의 편집장을 만나기 위해 카구라자카로 향했다. 지난해 도쿄에서 야노 상을 처음 만난 후 1년 만이다. 약속 시간에 맞춰 카구라자카 역에 도착한 나는 야노 상에게 전화를 걸었다. 몇 분 후, 단발에 가까운 커트머리를 폴락이며 빠른 걸음으로 걸어오는 그의 모습이 길 건너

로 보였다. 그는 횡단보도 신호를 기다리며 나를 향해 짧게 손을 흔들었다. 변함없는 포커페이스다. 처음엔 안경 너머로 보이는 날카로운 눈빛에 긴장했는데, 사실 알고 보면 그는 다정다감한 소년 같은 어른이다.

- 오랜만이네! 건강하지?

- 네, 야노 상도 잘 지냈죠?

- 물론이지. 자, 여기서 이럴 게 아니라 저쪽으로 갑시다.

그간의 안부를 물으며 야노 상은 앞장서 길을 안내했다. 카구라자카는 여러 갈래로 나누어진 좁은 골목 사이사이 독특한 분위기의 가게가 많은 곳이지만 야노 상이 나를 인도한 곳은 카구라자카의 명소로 꼽히는 양식집 '이코부IKOBU'였다.

큰길에서 접어든 골목 안, 담쟁이넝쿨로 가려진 이코부는 밖에서 보면 쉽게 눈에 띄지 않지만 알 만한 사람은 다 아는 카구라자카의 대표 맛집이다. 이코부가 카구라자카에 둥지를 튼 지도 어느덧 40년 가까이 되었다. 이곳의 주인장도 이제는 백발이 성성한 노인이 되었다. 그러나 주인장은 일흔이 넘은 나이에도 지금까지 현역으로 일하며 이코부만의 맛을 지킨다. 덕분에 40년 세월의 흔적은 사라지지 않고 퇴적되어 현재까지 이어지고 있다.

야노 상이 이코부의 단골이 된 지도 20년은 족히 넘었다고 했다. 백발의 주인장 나카무라 상과도 허물없는 농담을 주고받을 정도로 친숙한 곳이다. 그런 그가 나를 대신해 이코부의 대표 메뉴를 주문했다. 샐러드와 고기요리 등 맛깔난 음식들이 차례차례 나왔다.

- 나폴리탄 스파게티 먹어본 적 있어?
- 아니요. 말만 들어봤어요.
- 일본인인 내가 봐도 나폴리탄은 참 재미있는 음식이야. 토마토케첩 소스로 버무린 스파게티라니. 지금의 이탈리안 레스토랑에서는 절대로 상상도 못할 일이지. 거기에 포크 대신 젓가락, 수프 대신 미소시

루라니, 재미있지 않아?

그러고 보니 나폴리탄과 함께 나온 국물은 서양식 수프가 아니라 일본 된장으로 맛을 낸 미소시루였다. 스파게티에 미소시루라. 파스타에 김치를 먹는 우리네 입맛과 비슷한 거려니 미루어 짐작했지만, 나카무라 상에 따르면 일본의 모든 양식집에서 미소시루를 내놓는 건 아니란다. 이코부에서 미소시루를 함께 내놓기 시작한 건 이곳의 오랜 단골인 신조 출판사 직원들의 요청에 따른 것이었다.

나카무라 상이 손수 가져다준 접시에 담긴 나폴리탄은 얼핏 평범한 스파게티로 보였다. 나는 젓가락으로 면을 돌돌 말아 한입에 쏙 넣었다. 처음 맛보는 나폴리탄이었지만 생각보다 케첩 맛이 강하지 않았다. 의외로 토마토소스 스파게티에 가까운 맛이라고 해야 하나. 먹으면 먹을수록 빠져들 것 같은 묘한 매력이 느껴진다. 특히 이코부의 나폴리탄은 스파게티 면을 오래 삶아 조금 부드럽게 씹히는 식감으로 유명하다. 40년 전 처음 문을 열었을 당시, 우동과 소바에 익숙한 일본인들의 입맛에 맞추기 위해 푹 삶은 스파게티 면으로 나폴리탄을 만들기 시작했다. 나카무라 상의 예상은 적중했다. 이코부를 찾는 사람들마다 '약간 불은 듯한 나폴리탄'에 대한 호평을 아끼지 않았고, 그 맛은 지금까지 이어지고 있다.

– 이코부는 내가 신조사에 입사했을 때 선배들이 데리고 온 곳이야. 그

게 벌써 언제인지……. 정말 오래전 일이군. 이제는 내가 후배들을 데리고 점심을 먹는 곳이 되었지. 선배에게서 후배에게로 맛을 전달하는 거야.

20여 년 전, 신조사에 갓 입사한 야노 상은 선배들의 손에 이끌려 아직 사십대였을 나카무라 상과 처음 만났다. 파릇파릇한 이십대의 사회 초년생이 어느덧 나이가 들어 당시의 나카무라 상의 나이가 되어가는 모습을 이코부의 주인장은 곁에서 지켜봐주었다. 인심 좋은 주인장 눈에 야노 상을 비롯한 젊은 직원들의 모습은 자신의 아들 딸처럼 애틋하게 다가왔을 게 분명하다.

출판사가 가까이 있는 까닭에 이코부에는 이름만 대면 알 만한 소설가들이 제법 찾아온다. 나카무라 상은 그중 무라카미 하루키가 가장 인상 깊었다고 회상한다.

- 하루키 상이 우리 집을 찾은 건 꽤 오래전 일이야. 아마 신조사 편집자와 함께 왔을 거야. 이렇게 골목에 들어와 있으니까 그냥은 찾아오기 어렵지. 근데 그 사람이 우리 집 비프가츠ビーフカツ가 맘에 들었던 모양이야. 자기 블로그에 우리 집 비프가츠에 대해 쓴 적이 있다더군. 그 후에도 그는 우리 집에 오면 늘 비프가츠를 먹었지. 대성공을 거둔 작가라고 하기엔 굉장히 조용하고 사려 깊은 사람이었어. 소설 좀 팔린다고 거들먹대는 풋내기들과는 확실히 달라 보였지.

식상하다 여길지 모르겠지만 나는 무라카미 하루키를 좋아한다. 그러니 나카무라 상의 이야기에 반사적으로 귀가 쫑긋 서는 건 어쩔 수 없다. 내가 하루키의 소설 혹은 에세이에 등장했을지도 모르는 장소에 와 있지 않은가!

- 일본 소설을 보면 서양 음식에 대한 묘사가 많이 나오잖아요. 특히 하루키 소설에는 스튜나 스파게티 같은 서양 요리가 자주 등장하죠. 저는 그런 점이 재미있으면서도 이유가 뭘까 줄곧 궁금했어요.

- 그건 하루키의 취향이기도 하겠지만, 하루키 세대가 미국의 영향을 가장 많이 받고 자란 세대라는 점도 무시하지 못하겠지. 그가 유년시절과 청소년시절을 보낼 당시 일본은 미국 문화가 막 밀려들던 시기였거든. 하루키의 내면에 당시의 기억이 남아 있는지도 모르지.
- 그런 부분이 이른바 '하루키 월드'를 탄생시킨 씨앗이 된 걸까요?
- 자신의 체험에 의해 형성된 자아가 소설 속에 투영되는 것은 당연한 일이겠지. 아무리 픽션이라도 작가의 상상력으로 만들어진 이야기니까.
- 저는 하루키를 오랫동안 동경했어요. 그의 시선과 문체는 물론이고 그가 쓴 음악과 음식 이야기도 흥미로웠죠.
- 하루키는 자신만의 세계관이나 스타일이 확실한 작가임엔 틀림없어.

하루키가 왔던 곳에서 하루키의 이야기를 하는 동안 나는 혹시 당장이라도 그가 이곳에 나타나지는 않을까 하는 기대감으로 한껏 부풀어 올랐다. 오늘이 아니더라도 언젠가 다시 이코부를 찾는 날, 옆 테이블에서 맛있게 비프가츠를 먹는 하루키를 만나는 상상을 하자 이코부에서의 시간이 더욱 즐거워졌다. 다음에 오면 비프가츠를 먹어보라며 눈을 찡긋하는 나카무라 상의 말에 수첩을 꺼내 들고 오늘을 기념하는 의미로 '이코부, 케첩에 버무린 나폴리탄, 하루키와 비프가츠'를 꾹꾹 눌러 적었다.

나폴리탄 IKOBU
東京都新宿区天神町 15 ● 11:00~14:30, 17:00~21:00 ● 일요일, 국경일에는 쉰다.

2nd

천연효모 빵, 코브

CORB

나는 도쿄 돔 시티와 코이시카와 코라쿠엔小石川後楽園이 자리한 분쿄구文京区에 한 번도 가본 적이 없다. 부러 찾아갈 만큼 도쿄 돔 시티에 관심이 있지도 않았고, 예쁜 정원이야 이곳이 아니어도 얼마든지 있다고 여겼기 때문이었다. 게다가 내가 살던 나카노신바시中野新橋에서 그곳까지는 좀 귀찮다 싶을 정도의 거리였다. 돌이켜보니 나는 도쿄 지도를 딱 반으로 접어 다녔던 게 아닌지 의심스러울 정도로 '다니는 곳'과 '다니지 않는 곳'이 확연히 구분되었다. 물론 분쿄구는 반으로 접혀 보이지 않는 지도에 속했다.

천연효모 빵을 만들어 판매하는 '코브CORB'의 존재는 전부터 익히 들어 알고 있었다. 다만 코브가 위치한 곳이 하필이면 분쿄구 코이시카와여서 선뜻 찾아 나설 마음은 들지 않았다. 하지만 '그곳에 산다는 것'과 '그곳을 여행한다는 것'은 마음가짐부터 달라지는건가보다. 도쿄에 사는 동안에는 여유를 동반한 귀찮음에 좀처럼 움직이지 않던 다리가 여행자의 신분이 되자 조바심과 부지런함이 불끈불끈 샘솟는다. 사람 마음이란 참으로 알다가도 모를 일이다.

2006년 2월, 분쿄구 코이시카와의 후미진 골목에 문을 연 베이커리 & 카페 '코브'는 홋카이도 출신의 사타케 타마키 상이 운영하는 작은 빵집이다. 이곳의 빵은 그 흔한 베이킹파우더 같은 첨가물은 일절 사용하지 않고 천연효모를 발효해 만든다.

- 중학생이 되던 해에 갑자기 아토피가 생겼어요. 아토피를 앓는 사람들은 음식을 가려서 먹는 게 얼마나 고통스러운지 알 거예요. 저도 예외는 아니었죠. 아토피라는 불청객이 찾아온 이후, 자연스럽게 제가 먹는 음식과 재료를 돌아보게 되었어요. 어떻게 하면 내 몸에 부담을 주지 않고 맛있는 음식을 먹을까. 생각을 거듭한 끝에 천연 재료로 빵을 만들자고 결심했죠.

사타케 상은 고향 홋카이도에서 처음으로 빵을 만드는 법을 배웠다. 시작은 그저 빵이 좋아서였다. 작은 체구에 동글동글 귀여운 인상과 달리 호기심이 왕성하고 활동적인 그녀는 기왕이면 빵의 본고장이라 불리는

C O R B
café[market]

C O R B
café[market]

유럽에서 제빵을 공부하고 싶었다. 이후 모로코, 스페인, 폴란드, 보스니아 등 유럽 각국을 돌며 빵 삼매경에 빠졌다가 마침내 파리에 정착한다. 그곳에서 작은 빵집에 취직했고, 오로지 '사타케만의 빵'을 완성하겠다는 일념으로 2년 동안 쉬지 않고 매일 빵을 구웠다. 이를 발판으로 도쿄에 자신만의 빵을 만들 장소를 찾겠다는 결심을 한다.

- 원래 이곳은 할머니가 혼자 운영하는 미용실이었어요. 도쿄로 이사를 와서 분쿄구에 정착한 후 빵집 자리를 알아보다가 우연히 발견했지요. 처음 본 순간 '바로 여기야!'라는 강한 끌림이 있었어요. 윤정씨도 봐서 알겠지만, 주변에 눈에 띄는 가게라곤 거의 없잖아요. 그런데도 저는 이곳이면 충분하다고 생각했어요. 밤이 찾아오면 이 건물 창문으로 새나가는 불빛이 무척 예쁘거든요.

분쿄구 구청을 등지고 가스가도오리春日通り를 따라 걷다보면 오른쪽으로 길게 뻗은 골목이 나온다. 이 평범하고 한적한 골목에서 코브를 찾기란 그리 어렵지 않다. 붉은 벽돌과 격자창문이 멋스러운 건물은 이 골목에 딱 하나뿐이니 말이다.

문을 열고 들어서면 새하얀 선반에 아기자기하게 진열된 빵이 가장 먼저 눈을 사로잡는다. 스콘과 머핀, 호밀빵과 파운드케이크 등 기본에 충실한 빵들을 눈으로 훑는 사이 공기 중에 떠도는 고소한 빵 냄새에 마음

마저 차분히 가라앉는다. 테이블이라고 해봐야 중앙에 놓인 벤치와 햇빛이 보기 좋게 쏟아져 들어오는 창가 자리가 전부이지만, 무리한 기색 없이 자연스럽게 꾸며놓은 실내는 '딱 좋은' 정도로 공간을 메운다.

여행을 하는 내내 불굴의 정신으로 부지런을 떠는 나는 오늘도 이른 시각부터 이제 막 하루 영업을 시작한 코브를 찾았다. 빵 굽는 냄새로 가득 찬 코브의 향긋한 공간을 독차지한 나는 스콘과 머핀, 그리고 따뜻한 커피 한 잔을 주문했다. 이곳에서 사용하는 커피 원두는 그라우벨 카노 선생이 로스팅한 무농약 브라질 원두이다. 몸에 좋은 소재만을 사용하겠다는 사타케 상의 고집이 엿보이는 부분이다.

가게 안쪽에 위치한 주방에서는 이따금씩 주방기구가 부딪히는 소리가 들렸다. 소리는 차츰 잦아들고 서서히 번지던 커피 향이 조금 더 진해졌다 느꼈을 때 고개를 들자, 사타케 상이 스콘과 머핀이 사이좋게 담긴 접시를 들고 다가왔다. 오븐에서 한 번 더 따뜻하게 구운 스콘과 머핀에서는 김이 모락모락 피어올랐다. 평소라면 커피에 먼저 손이 갔을 텐데 이번만큼은 노릇노릇 먹음직스럽게 구워진 빵에 먼저 손이 닿았다. 나는 머핀을 들고 손가락에 힘을 줘 먹기 편한 크기로 잘랐다. 그때 쫄깃한 소리를 내며 찢어지는 발효 머핀의 찰기에 나는 입을 동그랗게 말고 '오!' 하는 감탄사를 소리 없이 뱉었다. 물론 평소 부드러운 식감의 머핀에 익숙한 사람이라면, 코브의 머핀이 다소 낯설게 다가올지도 모른다. 그러나 씹으면 씹을수록 발효 생지生地 특유의 맛과 향이 미각과 후각을 자극하는 이곳의 머핀은 먹는 즐거움이 배가 된다. 이만한 호사가 또 어디 있을까?

사타케 상과 마주앉아 이런저런 이야기를 나누는 사이 시간은 어느새 오후로 접어들었다. 격자무늬 창문으로 쏟아져 들어오는 햇살과 향긋한 커피, 그리고 보헤미안 소녀를 닮은 사타케 상이 구운 상냥한 빵이 있는 오후의 코브에서 나는 진즉에 왔으면 좋았으리라는 때늦은 후회가 들었다. 진한 아쉬움을 달래기 위해 입에 문 빵을 더욱 꼭꼭 씹어 삼켰다. 이렇게 씹어 삼킨 아쉬움이 발효해 한껏 부풀어 오르면 나는 그것을 맛좋은 상태로 구워 쫄깃하고 고소한 추억으로 오래도록 음미할 테다.

코브CORB
東京都文京区小石川 2-3-24 ● 12:00~22:00 ● 일요일, 월요일은 쉰다.

donut.
donut.

3rd

전설의 부활, 블루 벨

Blue Bell

1950년 도쿄 역 앞 야에스八重洲에 문을 연 양식집洋食屋 '블루 벨Blue Bell'은 54년 동안 변함없는 맛으로 많은 이들에게 사랑받는 레스토랑이었다. 햄버거 스테이크와 윈너소테 등 블루 벨을 대표하는 메뉴는 많지만, 뭐니뭐니해도 특제 데미그라스 소스로 맛을 낸 오므라이스가 단연 인기였다. 야에스 인근에 근무하는 회사원들과 소문을 듣고 찾아온 미식가들의 행렬로 2층 규모의 실내는 늘 만석이었다. 하루에도 수백 건에 달하는 주문이 밀려들었다. 놀랍게도 블루 벨의 주방을 책임지고 수백 명분의 음식을 만들어낸 건 단 두 명의 요리사였다. 블루 벨의 요리를 전적으로 책임지는 요리장과 수석 요리사 이시자키 상이 그들이었다. 두 사람은 1층에 위치한 오픈 키친에서 뜨거운 열기를 견뎌가며 단 1분도 자리에 앉는 법 없

Blue Bell
Miaou
Blue Bell

이 언제나 최상의 맛을 만들고자 바삐 움직였다.

그러나 일본 경제가 거품(버블) 논쟁에 휘말리며 불황기로 접어들고, 외식산업의 규모가 급격히 위축되면서 천하의 블루 벨도 불황을 피해갈 수 없었다. 50여 년 간 꾸준히 이곳을 찾은 단골들이 없었더라면 근근이 버티는 것조차 힘들었을 것이다. 시련은 여기서 끝나지 않았다. 도쿄 역 일대에 불어 닥친 재개발 열풍은 도저히 모면할 길이 없었다. 결국 블루 벨은 재개발의 파도에 휩쓸려 2004년 12월, 54년의 길고 긴 역사의 막을 내린다. 비록 시대의 변화에 따른 선택이었지만, 블루 벨의 폐업은 이곳의 맛을 기억하는 이들에게 커다란 충격이었다. 소중한 추억 하나를 잃어버린 쓸쓸함과 아쉬운 탄식이 내내 이어졌다. 특히 30여 년 간 매일 불과 싸우며 치열하게 음식을 만들던 이시자키 상에게 주방이 사라지는 광경은 자신의 일부를 잃어버리는 듯한 큰 슬픔이었다.

후쿠오카가 고향인 이시자키 상은 스물두 살이 되던 해에 도쿄로 상경했다. 블루 벨의 주방을 맡게 된 이후, 그는 화상을 입고 입원했을 때를 제외하곤 37년 동안 단 하루의 결근도 없이 묵묵히 블루 벨의 주방을 지켰다.

요리사는 본래 이시자키 상의 꿈이 아니었다. 그의 꿈은 사진작가였다. 사진작가가 되겠다는 부푼 꿈을 안고 도쿄로 온 그는 사진을 찍는 일이라면 궂은일도 마다하지 않고 열심히 했다. 그러나 지방에서 갓 올라온 풋내기 사진가에게 현실은 그리 녹록치 않았다. 독학으로 사진을 공부한 그에게 프로의 세계는 좀처럼 넘보기 힘든 곳이었다. 일거리는 점점 줄었고

궁핍한 생활은 계속되었다. 스물두 살 젊은 청년에게 도쿄는 꿈의 도시이자 동시에 가혹한 현실이었다. 결국 그는 밥을 굶지 않기 위해 다른 일을 찾아야만 했다.

'사진 외엔 할 줄 아는 게 없는데 어디서 무엇을 하지?'

이시자키 상은 고민을 거듭했다. 그러다 문득 도쿄 역 앞 양식집이 떠올랐다. 정식으로 요리를 배우지는 않았지만 가능할 것 같았다. 그는 당장 야에스로 향했다. 그리고 블루 벨의 사장과 주방장 앞에서 자신을 고용해줄 것을 간곡히 설득했다. 진심이 통했던 걸까. 그날 이후 이시자키 상은 프라이팬을 잡는 법부터 불 조절, 접시에 담는 법까지 주방장의 엄격한 지도 아래 블루 벨의 맛을 전수 받는다. 물론 블루 벨의 주방은 그리 만만한 곳이 아니었다. 무서운 속도로 돌아가는 블루 벨의 주방을 견디지 못하고 뛰쳐나간 요리 지망생이 수두룩했다. 하지만 이시자키 상은 달랐다. 생계를 위해 선택한 일이었지만 타고난 우직함으로 자신의 자리를 묵묵히 지켰다. 이런 그에게 블루 벨의 폐업은 받아들이기 힘든 현실이었다. 결국 이시자키 상은 작게라도 옛 블루 벨의 맛을 이어갈 방법을 고민하기 시작했다. 그가 블루 벨을 다시 살리려고 한다는 소식은 옛 동료와 단골들에게도 퍼져나갔다. 그리고 블루 벨의 부활을 염원하던 사람들의 응원에 힘입어 2005년 8월, 오기쿠보荻窪에 블루 벨의 제 2막을 올린다.

나는 전설의 오므라이스 맛을 보기 위해 오기쿠보로 향하는 오렌지색 전차에 올라탔다. 소문으로만 듣던 블루 벨은 과거 야에스 시절에 비하면

우선 규모부터 비교가 되지 않을 정도로 작고 소박했다. 오기쿠보 역에서 도보로 십 분 정도 떨어진 한적한 주택가 골목에 자리한 이곳은 10평 남짓한 공간에 4~5인용 테이블 1개와 10명이 앉으면 빠듯해보이는 카운터 자리가 전부인 동네 양식집이었다. 이곳에서 이시자키 상은 조리부터 서빙까지 혼자 모든 걸 책임진다. 오십대 후반이라고는 믿기지 않는 건장한 체격에 하와이안 셔츠를 걸치고 시원스런 미소로 손님을 맞이하는 이시자키 상은 37년 간 늘 그래왔던 것처럼 영업시간 중에는 절대로 자리에 앉는 법이 없다.

- 손님이 없어도 자리에 앉지 않아요. 오랜 습관이기도 하고 블루 벨을 찾는 손님들에 대한 나름의 예의입니다.

이시자키 상은 오기쿠보에 새로운 블루 벨을 만들 당시, 몸에 익은 주방 동선을 기억해 야에스 시절과 똑같은 크기의 주방을 만들었다. 새로운 주방을 만들까도 고민했지만, 몸이 기억하는 움직임을 그대로 따르고 싶었다고 한다. "예전 블루 벨의 주방을 완벽하게 재현하고 싶은 욕심이 있었어요. 하지만 그렇게까지 하는 건 좀 어렵더군요" 하며 짐짓 서운한 표정을 짓는다.

나는 이시자키 상과 이야기를 나누며 오므라이스와 햄버거 스테이크 사이에서 결정을 내리지 못하고 한참을 고민했다. 이시자키 상은 "우리

집에 처음 왔으면 일단 오므라이스 맛을 봐야지"라며 자신 있는 얼굴로 오므라이스를 추천했다.

- 지금 우리 집에서 사용하는 케첩은 옛날 블루 벨에서 사용하던 케첩입니다. 블루 벨을 다시 만들겠다고 결심했을 때 이 케첩을 구하지 못하면 '제2의 블루 벨'은 없다고 생각했어요. 이 케첩은 토마토 맛이 매우 깊어요. 이 케첩을 베이스로 만든 데미그라스 소스야말로 블루 벨만의 아주 특별한 맛이랍니다.

이시자키 상의 말 그대로다. 토마토의 새콤함이 살아 있는 데미그라스 소스를 뿌린 블루 벨의 오므라이스는 남다른 풍미가 느껴진다.

- 이시자키 상이 만든 오므라이스에서는 어릴 때 먹던 추억의 맛이 나요. 이렇게 맛있는 오므라이스를 좀 더 많은 사람들이 맛봐야 하는데!
- 그렇게 말해주니 고마워요. 야에스 시절 단골들도 가끔 와서 오므라이스를 먹고 가는데 그때마다 윤정씨와 비슷한 말을 합니다. 고마울 따름이죠. 앞으로 몇 년을 더 일할 수 있을지 모르지만 그때까지는 우리 집 맛을 기억해주는 사람들을 위해 더 열심히 만들어야지요.

37년 전, 카메라맨이 되겠다는 꿈을 안고 상경한 도쿄에서 우연히 들어서게 된 요리사의 길을 묵묵히 걸어온 우직한 요리사. 이시자키 상은 이미 수천 장의 맛을 기록해온 맛의 기록자이자, 앞으로의 맛을 지켜나갈 수호자라 해도 지나치지 않다. 나는 노란 달걀옷을 입고 토마토 향으로 단장한 오므라이스를 한입 크게 베어 물고 이시자키 상이 들려주는 옛 이야기들을 맛있게 곱씹었다. 문득 외길 인생을 꿋꿋이 걸어온 이시자키 상의 좌우명이 궁금했다.

- 좌우명? 글쎄요. 가슴 속에 새겨둔 말은 있지요. '어제의 바람은 오늘 다시 불지 않는다昨日吹いた風は今日, 吹かない' 라는 말입니다. 나는 이 말을

두 가지로 해석해요. 하나는 '오늘의 어려움이 지나고 나면 내일은 반드시 새 바람이 불어온다'는 것이고, 다른 하나는 '한번 스쳐간 바람은 다시 불지 않으니 지금의 바람을 제대로 느껴라'라는 의미로 해석하지요. 지난 세월을 버틸 수 있었던 힘도 이 때문이 아닐까 싶어요.

바람이다. 이시자키 상의 손을 거친 요리에서 바람이 느껴졌다. 야에스에서 시작된 바람, 전설의 블루 벨, 우직한 요리사. 이 모든 이야기가 바람이 되어 내 마음에 살랑살랑 스며든다. 이시자키 상의 말대로라면 이 바람이 내일 다시 부는 일은 없겠지. 하지만 분명 이시자키 상의 손끝에서 만들어진 맛은 매일 새로운 바람으로 내일을 기약할 것이다.

블루 벨 Blue Bell
東京都杉並区南荻窪 4-43-8
평일 11:45~15:00, 18:00~21:00 ● 일·국경일 12:00~15:00 ● 수요일은 쉰다.

Blue Bell
OPEN

4th

마음을 치유하는 중국 찻집, 메이샤차칸

MEISHACHAKAN

사이타마埼玉와 도쿄 외곽을 연결하는 연선沿線이 복잡한 실타래처럼 얽힌 이케부쿠로池袋는 도쿄 최대 번화가 중 하나다. 복잡하기로 치면 신주쿠 역이 더 크고 사람도 많지만, 익숙함으로 치면 신주쿠 역이 그나마 낫다. 이케부쿠로 역은 몇 번을 가도 익숙하기는커녕 여전히 정신이 쏙 빠질 지경이다. 이런 사정은 일본인들도 다르지 않은 모양이다. 이케부쿠로 역에서 헤맨 에피소드를 꺼낼 때면 현지 친구들도 그곳의 복잡함에 맞장구를 친다.

– 서쪽 출구에 토부東武백화점이 있고, 동쪽 출구에 세이부西武백화점이 있어서 더 헷갈린다니까!

게다가 내 머릿속에 새겨진 이케부쿠로의 이미지는 방황하는 십대의 그림자가 짙게 깔려 있었다. 이제는 그 내용마저 가물가물 한 이시다 이라의 소설 『이케부쿠로 웨스트 게이트 파크』의 영향 탓이었다. 소설 속에 그려진 이케부쿠로는 어둡고 난폭했다. 그런 연유로 나는 이케부쿠로를 계속 두려워했다. 그런데 이번 여행에서 나는 이 같은 두려움을 말끔히 날려버렸다. 언뜻 보기에 혼잡한 이곳에도 나름의 규칙과 재미난 얼굴이 존재한다는 사실을 알려준 친구를 만났기 때문이다. '메이샤차칸梅舎茶館'의 주인장 요다 상이 그 주인공이다.

나와 요다 상의 인연은 몇 해 전 가을로 거슬러 올라간다. 요다 상은 서울 인사동에 위치한 작은 갤러리 카페에서 우연한 기회로 사진 전시를 열었다. 작품은 찻잎을 구하기 위해 찾아다닌 중국의 작은 마을과 시장 풍경이 담긴 사진들이었다. 한 장 한 장 그윽한 차향이 느껴지는 멋진 작품이었다. 나는 요다 상의 전시 소식을 일본의 지인으로부터 전해 들었다. 전시 기간 중에는 요다 상이 직접 내려주는 중국차를 맛볼 기회가 마련된다고도 했다. 일명 '출장 카페 & 전시회' 인 셈이었다.

아직 우리나라에서는 흔치 않은 일이지만 출장 카페는 말 그대로 카페가 다른 곳으로 출장 가는 것을 의미한다. 동종 업계 종사자들이 서로의 벽을 허물고 하나의 공동체로써 새로운 문화를 만들어간다는 취지로 시작되었다. 본래 출장 카페는 지역 문화 행사장이나 전시장을 중심으로 열렸지만, 최근에는 비슷한 콘셉트를 가진 카페가 협력해 '카페 속 카페'

같은 이색적인 시도를 하기도 한다. 이는 새로운 문화 교류의 장을 마련하는 데 기여하는 바가 크다.

서울에서 열리는 전시회와 출장 카페를 위해 요다 상은 특별히 선별한 중국차와 다도에 필요한 도구, 찻잔에 이르기까지 전부를 일본에서 직접 준비해왔다. 나는 전시 기간 중 몇 번이나 이곳을 찾아 향긋한 중국차를 마시며 요다 상과 많은 이야기를 나누었다. 요다 상이 들려주는 이야기와 플라워 에센스는 마음을 편안히 가라앉히는 힘이 있었다. 이케부쿠로의 메이샤차칸은 이 같은 요다 상의 에너지가 투영된 곳이었다.

메이샤차칸은 이케부쿠로 서쪽 출구에서 도보로 10분 정도 떨어진 곳에 위치한 중국 찻집이다. 흔히 카페나 찻집의 콘셉트를 두고 '○○ 식'으로 꾸몄다고 말하는 경우가 많다. 하지만 메이샤차칸은 중국식으로 꾸몄다기보다 아예 중국의 찻집을 그대로 옮긴 듯하다. 1999년 문을 연 이래 요다 상은 해마다 중국 농가와 차 시장을 오가며 질 좋은 찻잎을 찾아나서는 수고를 마다하지 않는다. 그때마다 현장에서 구한 중국 다기茶器와 소품들이 자연스럽게 메이샤차칸의 공간에 녹아들었고, 이곳만의 특별한 분위기를 만들어냈다. 모두 요다 상의 열정의 흔적들이다. 덕분에 메이샤차칸을 찾는 사람들은 힘들이지 않고 '이케부쿠로 리틀 차이나Little China'로 여행을 떠나게 되었다. 넓은 창문 가득 오후 햇살이 쏟아지는 이곳은 도쿄가 분명했지만, 한편으론 도쿄가 아니었다.

키 큰 가로수와 눈높이가 같은 넓은 창가에 놓인 카운터 자리는 창밖

풍경을 바라보며 은은한 차 향기에 젖을 수 있는 최적의 공간이다. 창가에는 새장이 주렁주렁 매달려 있다. 하지만 정작 요다 상이 새 모이를 주는 곳은 창밖 가로수에 지어준 작은 새장이다. "가만히 귀를 기울이면 새들이 지저귀는 소리가 들려옵니다"라며 요다 상은 목이 긴 도구를 이용해 새장에 조심스럽게 모이를 놓는다. 요다 상의 말처럼 찻주전자의 찻잎이 우러날 때쯤이면 외출했다 돌아온 새들의 지저귐을 음악 삼아 평온한 티타임을 만끽할 수 있으리라.

메이샤차칸의 차 종류는 대만차와 중국차를 합해 25가지 정도에 이른다. 계절에 따라 제철 차를 선보이기도 한다. 메뉴의 가격은 대략 1500엔~2000엔 사이다. 커피 전문점이나 홍차 전문점과 비교하면 다소 비싸게 느껴질 수 있지만, 한번 주문한 차는 계속 물을 부어가며 서너 시간은 족히 마신다. 그러니 결코 비싸다고 말하기는 어렵다.

- 메이샤차칸을 찾는 사람들 대부분은 차를 시켜놓고 자유롭게 오카와리お代わり(리필의 개념과 같다)를 하면서 자신만의 시간을 갖습니다. 차를 시켜놓고 일을 하는 사람도 있고, 사색에 잠기는 사람도 있고, 여행 계획을 짜는 사람도 있지요. 그런 손님들을 위해 저는 차에 어울리는 약간의 간식거리를 함께 냅니다. 조용히 차를 마시면서 자신만의 시간을 만들어 가는 그들의 뒷모습을 보는 건 저의 즐거움이자 보람이거든요.

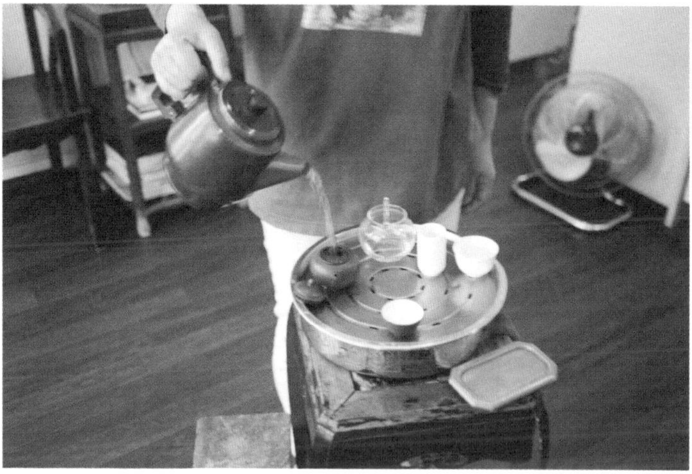

요다 상은 메이샤차칸을 찾는 이들에게 맛있는 차를 내주는 찻집 주인이자, 마음 좋은 친구가 되기를 자처한다. 어쩌면 이곳에서 파는 건 중국차가 아니라 요다 상의 인품인지도 모른다. 실제로 메이샤차칸을 찾는 단골손님들은 이곳을 찌든 일상에서 벗어나 잠시나마 쉬다 가는 은신처라고 부른다. 창문 밖으로 보이는 키 큰 가로수에 숨어 사는 작은 도시 새의 쉼터처럼 메이샤차칸은 도쿄 도심을 나는 인간 새를 위한 평온한 새집이다.

- 요다 상은 원래부터 중국차에 관심이 많으셨어요? 메이샤차칸을 시작하신 동기가 궁금해요.
- 꼭 그런 건 아니에요. 예전부터 차를 좋아했지만 찻집을 열겠다는 생각은 없었어요. 편집 디자인 공부를 하기 위해 뉴욕으로 유학을 갔을 때의 일이에요. 그때도 저는 차를 좋아해서 친구들과 밥을 먹은 후에는 차이나타운에 가서 차를 마시곤 했어요. 그때 우연히 들어간 중국 찻집이 제 운명을 바꿔 놓았어요. 나이 지긋한 세 분의 할아버지가 운영하는 곳이었죠. 누가 손님이고 누가 점원인지 구분하기 힘들 만큼 느긋한 공간이었어요. 그곳에서 마신 중국차가 기막히게 맛있었지요. 특별한 기술을 가지고 내리는 것 같지도 않았는데 말이에요. 그게 바로 연륜에서 묻어난 손맛이었을 테죠.
- 영화에서나 봤을 재미난 곳이네요.
- 할아버지들의 태평한 모습에 반했어요. 나도 나이가 들어 노인이 되

면 이런 느긋한 가게를 만들고 싶다고 생각했어요. 그러니 찻집을 연 계기를 얘기하자면 할아버지들의 태평한 모습이라고 해야겠네요.

- 이전에도 중국 여행을 자주 가셨어요?

- 아니요. 중국은 그때까지 한 번도 가보지 않았어요. 처음 중국에 여행을 갔을 때는 어찌나 긴장했던지 전쟁에 나가는 병사 같았다니까요.

- 지지 않겠다는 자세로요?

- 모든 여행이 그렇겠지만 실제로 가보지 않고는 그 나라의 진짜 모습을 알지 못해요. 저는 중국이라는 나라에 가기 전까지 제가 갖고 있던 편견이 얼마나 많았는지를 깨달았어요. 막상 가보면 사람 사는 곳은 어디나 같다는 진리를 이해하게 됩니다. 그 사실을 알고 나니 싸울 기세로 갔던 제가 좀 바보 같더라고요. 첫 여행 이후 중국에 대한 막연한 거리감이나 두려움이 사라졌어요. 덕분에 계획보다 일찍 메이샤차칸을 시작할 수 있었고요.

- 편견이 사라지고 대신 그 자리에 애정이 싹튼 거네요.

- 네, 아마도요.

그때였다. 메이샤차칸의 문이 열리고 한 사람이 들어왔다. 나는 요다 상이 손님 접대를 하는 동안 이야기는 잠시 접어두고, 찻주전자에 뜨거운 물을 조금 더 부어 향 좋은 차를 천천히 음미했다. 그사이 요다 상과 손님은 조만간 열릴 플라워 에센스 워크숍에 대한 이야기를 나누었다.

- 두 분이 하시는 이야기를 언뜻 들었는데, 플라워 에센스 워크숍이 열리나 봐요.

- 맞아요. 소수의 신청자만 받아서 야외에서 열 예정이에요. 이번 테마는 나만의 플라워 에센스를 만들어보는 거예요.

- 저도 일전에 요다 상으로부터 플라워 에센스 테라피를 받았었죠.

- 아, 서울에서! 그때 어땠어요? 효과가 있었나요?

- 네, 좋았어요. 무엇보다도 마음을 다스리는 데 큰 도움이 되었어요.

- 그거 참 다행이네요.

플라워 에센스란 1930년대 영국의 의학박사 에드워드 배치Edward Bach가 개발한 치료방법 중 하나다. 당시 환자의 질병 자체에만 몰두한 나머지 질병으로부터 고통 받는 환자들의 심리 상태를 돌보지 않는 의료 풍토에 회의를 느낀 에드워드 배치 박사는 보다 효과적인 치료방법을 연구한 끝에 꽃과 식물에서 채취한 플라워 에센스로 환자들의 심리 치료에 앞장선다. 아직까지 우리에게는 이름조차 생소하지만 유럽에서는 의료의 목적으로 플라워 에센스를 사용하는 경우도 많다.

- 플라워 에센스를 따로 공부하게 된 계기가 있으세요?

- 메이샤차칸이나 플라워 에센스 모두 사전에 계획을 하고 시작했던 건 아닙니다. 미국 유학 당시, 애리조나 주로 여행을 갔다가 우연히 인디

언 마을을 지나게 되었어요. 그곳에서 플라워 에센스를 처음 접하게 되었습니다. 이래봬도 저는 현실주의자거든요. 이런 저에게 플라워 에센스는 비과학적으로 다가왔고 믿음을 주지 못했어요. 그런데 메이샤차칸을 막 시작했을 즈음, 희한할 정도로 플라워 에센스와 관련된 사람들을 만나게 되면서 지금에 이르렀지요.

– 정말 신기하네요. 뭐랄까, 운명인가요?

– 운명인지, 우연인지는 모르겠지만, 인생이 어디 계획대로만 움직이던가요? 삶의 목표가 없는 것도 문제지만, 목표나 방향은 살아가는 동안 조금씩 수정해 나가는 거라고 봐요. 그렇지 않으면 인간이라는 존재는 결국 부러지고 말 테니까요. 유연하고 긍정적인 마음을 잊어서는 안 돼요.

요다 상과 차를 마시며 이야기를 나누는 동안 창밖에는 비가 내렸다. 여우비였다. 볕이 지지 않는 비를 바라보며 나는 요다 상이 여우비와 닮았다고 생각했다. 따뜻하게 메마른 대지를 적시는 여우비. 여우비에 젖은 아스팔트 바닥에서마저 향긋한 차향이 느껴질 것만 같다.

메이샤차칸 梅舎茶館
東京都豊島区南池袋 2–18–9 2F ● 12:00~18:00 ● 일요일, 월요일은 쉰다.
http://meishachakan.com

5th

일곱 개의 숲, 나나쓰모리를 지키는 남자

七つ森

도쿄 츄오센中央線이 거쳐 가는 대부분의 지역들은 저마다 특색 있는 도시 풍경을 자랑한다. 그중 스기나미구杉並区 코엔지高円寺는 다른 지역에 비해 상대적으로 저렴한 물가와 소규모 점포가 즐비한 상점가의 독특한 분위기 때문에 젊은이들의 발길이 끊이지 않는다. 이곳은 아기자기하고 귀여운 맛은 없지만, 대신 소탈하고 자유롭다. 코엔지의 독특한 분위기는 역 주변을 중심으로 번성한 상점가의 영향도 크다. '코엔지준조 상점가高円寺純情商店街', '코엔지pal 상점가', '코엔지아즈마도리 상점가高円寺あづま通り商店街' 등 역의 북쪽과 남쪽 출구를 기점으로 사방으로 뻗은 상점가에는 개성 강한 수십 개의 구제 가게가 밀집해 있고 맛집도 제법 많다. 하지만 이렇게 차고 넘치는 재미와 볼거리 중에서도 '코엔지 상점가' 끄트머리

에 위치한 '나나쓰모리七つ森' 만큼 이 지역 특유의 색조와 느낌이 살아 있는 곳도 드물다.

나나쓰모리는 마치 동화책에 그려진 숲속 산장이 현실세계로 불쑥 튀어나온 듯한 묘한 기운이 느껴지는 찻집이다. 이곳이 문을 연지도 벌써 30년이 훌쩍 지났다. 나나쓰모리라는 이름은 일본의 대표적 작가이자 시인인 미야자와 겐지의 시 「봄과 아수라」에서 따왔다. 1978년, 상점가 끝에 위치한 옛 주택을 개조해 나나쓰모리를 만들 당시 이곳의 주인장은 1950년대를 배경으로 한 찻집을 만들겠다고 결심했다고 한다. 구제 천국 코엔지에 딱 어울리는 발상이다. 덕분에 우리는 나나쓰모리 안에서 50년의 세월을 뛰어넘는 신비로운 경험을 한다.

양각으로 새긴 나무간판이 걸린 입구를 지나 안으로 들어서면 먼지 냄새 폴폴 나는 골동품 가게가 눈앞에 펼쳐진다. 낮게 깔린 조명이 아름다

운 화려한 무늬의 전등갓, 손때 묻은 테이블과 의자는 모두 주인장이 부지런히 발품을 팔아 구한 것들이다. 지금은 문을 닫은 옛 재즈 클럽의 의자, 고베 골동품 가게에서 어렵사리 구한 이탈리아산 램프는 세월과 이야기가 담긴 소중한 보물들이다. 그리고 그 위에 코엔지 젊은이들의 추억이 켜켜이 쌓여간다.

나나쓰모리 방문은 테즈쿠리이치手作り市 활동가 나구라 상이 동행해주었다. 나구라 상에게도 나나쓰모리는 특별한 의미를 지닌 곳이다. 오래전부터 이곳의 단골이었고 나나쓰모리의 스태프 대부분이 그의 친구들이다. 나구라 상은 쉬는 날이면 종종 이곳을 찾아와 낡고 오래된 것들로부터 위안과 휴식을 찾는다. 나나쓰모리의 옛 정취는 새로운 아이디어를 떠올리는 데 좋은 자극제가 되기 때문이다.

테즈쿠리이치란 프로페셔널 혹은 아마추어 예술가들이 자신의 작품을 사고파는 장터를 가리킨다. 나구라 상은 이 같은 테즈쿠리이치를 주도하는 핵심인물이다. 비록 본인은 직접 그림을 그리거나 작품을 만들지는 않지만 많은 사람들이 참여하는 이벤트를 주최하고 후원하는 역할을 담당한다. 예술가들이 자유롭게 작품을 선보일 장소와 기회를 만듦으로써 보람을 느낀다고 말하는 멋쟁이이다.

– 대학 시절, 인도네시아로 무전여행을 떠났어요. 현지에서 아르바이트를 하면서 생활비를 충당하며 길고 긴 여행을 했습니다. 여행을 하면

서 정말 행복했어요. 몸은 힘들었지만 그곳에서 만난 사람들과 어울리며 밥을 먹고, 생활하는 경험을 통해 제 인생에 크나 큰 자극을 받았어요. 그 여행 이후 '뭐든 좋아' 라는 마음가짐이 생겨난 것 같아요. 저는 지금도 얘기합니다. '신나고 재미난 일은 우리 가까이에 있다. 경험해보지 않으면 알지 못한다. 그러니까 뭐든 해보는 게 좋다.

나구라 상이 처음 테즈쿠리이치를 주최하기 시작한 것도 신나고 재미난 일을 하고 싶다는 호기심 때문이었다. 비록 자신은 직접 창작물을 만들 능력이 없지만 좋은 작품을 보고 감상하는 일만큼은 놓치고 싶지 않았다.

– 테즈쿠리이치에 등록되어 있는 작가가 어림잡아 200~300명 정도입니다. 그들의 창작열은 정말 굉장해요. 저는 그들을 볼 때마다 늘 감동합니다. 이러니 예술가들을 후원하는 일을 어떻게 멈추겠어요?

시종일관 차분한 말투와 진지한 태도로 이야기를 하는 나구라 상과 대화를 나누는 동안 나는 그가 나와 동갑이라는 사실이 도무지 믿기지 않았다. 자신이 원하는 일을 제대로 알고 거침없는 선택에 몰두하는 모습은 인생의 갈림길에 설 때마다 방황과 고민을 거듭하기만 했던 나의 흐릿함을 부끄럽게 만들었다. 무엇보다도 타인과 나누는 행복과 즐거움의 가치를 아는 그의 넉넉함을 나는 흉내 낼 재간이 없다. 대신 그가 왜 나를 나나쓰모리에 데리고 왔는지는 어렴풋이 알 것 같았다. 나나쓰모리는 존재 자체가 시간의 아름다움을 표현한 하나의 예술품이었다. 예술을 사랑하는 그가 이곳을 아끼는 건 당연한 일이었다. 그만이 아니다. 지난 33년간 도시 개발이라는 거대한 압력에 굴하지 않고 꿋꿋이 자리를 지켜 온 나나쓰모리 뒤에는 나구라 상과 같은 이타적 활동가들의 숨은 공로가 있었기에 가능했다. 나나쓰모리는 과거를 흠모한 자와 현재에 충실한 자의 시간이 더해져 만들어진 숲이다. 지금도 재개발의 압력에서 완전히 자유롭지는 않지만, 숲을 지켜온 든든한 수호자들이 있기에 일곱 개의 숲은 앞으로도 시간의 미학을 맘껏 펼쳐 보이리라.

나나쓰모리七つ森
東京都杉並区高円寺南 2-20-20
평일 11:00~14:30, 17:30~23:30 ● 토, 일, 국경일 11:00~14:00, 17:30~23:30 ● 연중 무휴

제3세계 도쿄, 미레이

ミレイ

맛있는 음식에 대한 일본인의 관심은 대단하다. 연일 텔레비전, 잡지, 단행본 등 다양한 매체에서 앞 다퉈 새로운 맛집을 소개한다. 늘 그렇듯이 이들 매체를 전적으로 신뢰하기는 어렵다. 하지만 때때로 든든한 조력자가 되어준다는 사실은 인정한다. 여행을 할 때는 더욱 그러하다. 현지 매체에서 소개하는 맛집을 찾는 건 분명 쏠쏠한 재미를 안겨준다. 물론 구루메グルメ(불어로 미식가를 뜻하는 'gourmet'에서 따온 말)에 정통한 친구가 있다면 여행의 재미는 한층 더할 것이다. 그런 점에서 일본에 둘째가라면 서러운 미식가 친구가 있다는 사실이 내게는 얼마나 고맙고 든든한지 모른다. 니시다는 커피와 카페에는 관심이 없지만, 맛집만큼은 "돈이 얼마나 들던지, 얼마나 먼 곳에 있던지 관계없이 소문난 맛집은 모두 섭

럽한다"고 말할 정도로 대단한 미식가이다. 덕분에 나는 도쿄에 가면 늘 니시다가 새롭게 찾아낸 맛집 순례에 나선다. 이번 여행에서도 어김없이 니시다에게서 '맛있는 연락'이 날아들었다. 니시다는 "끝내주게 맛있는 베트남 요리집을 예약했다"고 전해왔다. 카마타蒲田에 위치한 작은 요리집 '미레이ミレイ'였다.

카마타는 도쿄 도내에서 번화한 지역 가운데 하나이지만, 치안이 좋지 않기로도 유명하다. 도내 범죄 발생률이 상대적으로 높은 지역으로 꼽힌다는 얘기를 들은 적도 있다. 하지만 불굴의 미식가 니시다는 카마타의 악명 따위는 안중에도 없다는 듯 기세 좋게 앞장선다.

- 지금 우리가 가는 곳은 몇 주 전에 예약하지 않으면 1시간 넘게 줄을 서야 하는 곳이야. 그런데 오늘은 웬일인지 딱 한 테이블이 비었다잖아! 이런 행운을 놓치면 바보지. 언제 또 이런 행운이 올지 아무도 모르는데!

니시다가 추천하는 곳이라면 그 맛은 의심할 여지가 없겠지만 도대체 얼마나 맛있길래 이리도 흥분할까 싶어 나 역시 미레이에 대한 호기심이 동했다. 미리 예약까지 해놓았다는 친구의 마음 씀씀이도 너무 고마웠다. 카마타를 두고 '도쿄의 무법지대'라고 말하는 이들이 많아서 어떤 곳인지도 궁금했다. 그런데 막상 카마타 역에 내리고 보니 소문과 달리 여느

동네와 별반 다르지 않았다. 다만 니시다가 입이 닳도록 얘기한 미레이가 자리한 좁은 골목은 과연 이곳에 식당이 있을까 의심스러울 정도로 을씨년스런 분위기였다.

미레이는 낡고 오래된 회색 건물 2층에 자리한 작은 요리집이다. 건물 입구를 밝히는 입간판 뒤로 깊숙이 뻗은 좁고 가파른 계단을 오르면 어느새 따뜻한 남국이 눈앞에 펼쳐진다. 마치 제3세계와 맞닿은 시공時空의 문을 열고 들어온 기분이랄까. 밖에서 볼 때는 상상하지 못했던 선명한 원색의 실내는 꽃으로 물든 베트남의 온기가 진하게 배어난다.

저녁 5시에 문을 여는 미레이의 하루는 짧다. 평일에는 밤 11시, 주말에는 밤 10시까지만 문을 열기 때문에 이곳의 음식을 맛보기 위해서는 평소보다 부지런을 떨어야 한다. 약 20석 남짓의 실내는 문을 열자마자 사람들로 꽉 찬다. 물론 1시간 정도는 여유 있게 기다리겠다는 마음만 있다면 미레이의 요리를 맛볼 자격은 충분히 있다.

니시다를 따라 안으로 들어서자 가장 먼저 파란색 벽에 그려진 선명한 붉은 꽃과 아리따운 여인이 그려진 실내가 눈에 들어왔다. 왠지 베트남에서 가져왔을 것 같은 꽃무늬 식탁보와 철제 식탁은 미레이 특유의 편안함에 이국적인 분위기를 더했다. 눈이 닿는 곳마다 어느 것 하나 귀엽지 않은 것이 없어서 식당 안을 유심히 둘러보았다. 니시다 역시 "여기 귀엽지? 화장실은 더 귀여워"라며 귀띔해준다.

미레이는 베트남 요리집답게 우리에게도 익숙한 쌀국수pho와 월남 쌈을 비롯해 현지에서 자주 먹는 다양한 형태의 육류, 해산물 요리가 준비되어 있다. 요리 이름은 잘 기억나지 않지만 매콤한 소스에 볶은 새우요리는 베트남 표 '밥도둑'이라 해도 지나치지 않을 정도로 맛이 좋다. 강한 향신료에 호불호가 갈리는 다른 동남아 요리와 달리 베트남 음식은 향이 그리 강하지 않다. 대신 담백함과 매콤함에 감칠맛까지 더해주니 '베트남 요리는 한국인 입맛에 잘 맞는다' 는 말이 이해가 갔다. 여기에 라임을 곁들인 베트남 소다수의 청량함으로 뒷맛을 정리한다면? 흔한 말로 '이보다 더 좋을 순 없겠지!'

- 음식 맛 어때?

- 정말 맛있어! 이렇게 맛있는 베트남 요리를 먹다니, 니시다 덕분이야.

- 천만에 말씀. 역시 발품을 팔 가치가 있지?

- 응. 시간이 되면 또 오자!

- 좋지. 하지만 가봐야 할 맛집이 무궁무진하다고. 다 갈 수 있을까 걱정이네.

- 이러니 아무리 많이 걸어도 도쿄에 오면 살이 쪄서 돌아간다니까. 하긴 이것도 복이라면 복인가? 먹을 복!

미레이 ミレイ
東京都大田区蒲田 5-1-4 関根ビル 2F
화~금 17:00~23:00 ● 토, 일, 국경일 17:00~22:00 ● 월요일은 쉰다.

ETICS
CANADA DRY
Club Soda

ミレイ

しもきたイチバン
どっとこむ

7th

시모기타자와 1번가 상점거리

下北沢一番街商店街

도쿄에 오면 특별한 용무가 없어도 들르는 곳이 있다. 바로 시모기타자와下北沢다. 독특한 개성과 존재감을 과시하는 이 거리는 몇 번을 다시 와도 질리지 않는다. 아니 오히려 올 때마다 새롭다. 시대의 유행에 짐짓 무관심한 표정을 지어 보이는 거리는 얄미울 만큼 매력적이다.

시모기타자와가 좋은 이유는 지나치게 앞서지도, 지나치게 뒤쳐지지도 않은 적당한 아날로그적 감성 때문이다. 이곳을 걸을 때면 속절없이 흐르는 시간에 아랑곳하지 않고 불멸의 청춘을 노래하는 나그네의 음성이 들리는 듯하다. 시모기타자와를 걷다보면 이름도 없고, 자신이 어디에서 왔는지도 알려주지 않는 방랑자가 나타나 프랭크 시나트라의 〈마이 웨이〉를 흥얼대며 한 순간도 후회 없는 삶을 살겠노라 고백할 것만 같다. 일본에 올 때마다 시모기타자와를 찾는 건 아직 끝나지 않은 그의 이야기를 듣기 위해서인지도 모른다. 때론 이유 없이 반항하는 십대의 얼굴로, 때론 수줍은 아가씨의 모습으로, 그리고 아주 가끔은 듬직한 어른이 되어 나그네의 좋은 길동무가 되어주는 이곳을 어찌 외면할 수 있으랴.

시모기타자와를 걷다보면 심심찮게 음악 소리가 귓속을 파고든다. 거리 공연이나 라이브 카페에서 흘러나오는 노랫소리다. 그중에서도 나는 '1번가 상점가'에 자리한 '오토노마도オトノマド'를 가장 좋아한다. 이곳은 음반을 파는 레코드숍이지만 누구나 자유롭게 음악을 들을 수 있는 음악 감상실이기도 하다. 가게 안에 마련된 구식 턴테이블은 낯선 땅을 서성이는 나그네의 벗이 되어준다.

오토노마도의 이름을 일본 한자로 풀이하면 '소리音おと'와 '창문窓まど'을 의미한다. 이곳은 차를 파는 음악다방도 아니고 단순한 음악 감상실도 아니다. 리듬에 실린 시원한 바람이 부는 오토노마도, 즉 '음音의 창문窓'이자, 음악에 미친 사람들이 모이는 장소 'otonomad'인 것이다.

오토노마도에는 레코드와 CD 등 다양한 장르의 음반을 비롯해 책과 티셔츠 등 흥미로운 물건들이 가득하다. 가게를 둘러보다보면 주류와 비주류를 뛰어넘어 세상의 모든 재미를 만끽하겠다는 주인장의 소신이 느껴진다. 비록 젊은 사장은 '오토노마도의 독단과 편견'이라 말하지만, 그의 재미난 철학과 고집 덕분에 이곳을 찾는 사람들은 '음악의 창문'을 활짝 열고, 마음에 리듬과 흥을 환기시킬 수 있다. 그의 소신은 독단과 편견

hara donuts
はらドーナッツ
3-27-2
手づくり

オトノマド
otonomad

이 아닌, 일상을 풍부하게 해주는 '고집'과 '호기심'이라 불러야 마땅할 것이다.

나는 음악을 좋아하긴 해도 그 깊이를 논할 정도는 되지 못한다. 식견이 짧으니 수많은 음반 가운데 어떤 음악을 들을까 한참을 망설이게 된다. 진열대에는 처음 보는 음반도 많았다. 그러다보니 오늘 기분에 어떤 음악이 어울릴지 앨범을 한 번씩 들춰보는 데 적지 않은 시간이 필요했다. 중간 중간 낯익은 앨범을 발견하면 오랜 친구를 만난 듯 반가웠다. 결국 나는 좋아하는 음반 몇 장을 골라 탁 트인 창가 자리로 이동했다. 평소 즐겨듣는 음악으로 오토노마도에서의 시간을 온전히 내 것으로 취하고 싶었다. 언젠가 다시 이곳을 찾는다면 젊은 사장이 추천하는 음악을 들으며 또다른 세계로 빠져들어야겠다.

장담컨대 오토노마도에서 음악에 취해 거리로 나올 때면 약간의 허기와 함께 커피가 몹시 마시고 싶어질 것이다. 짐 자무쉬는 커피와 떼려야 뗄 수 없는 것을 담배라 하여 영화 〈커피와 담배〉를 만들었지만, '커피와 음악' 또한 이에 못지않은 훌륭한 조합이다. 고맙게도 오토노마도를 나와 몇 미터 떨어지지 않은 곳에 'Bear Pond Coffee'가 자리하고 있다. 뉴욕에서 바리스타로 일한 경험을 살려 시모기타자와 1번가 상점가에 둥지를 튼 Bear Pond Coffee는 자유로운 분위기의 작고 세련된 카페다. 이곳은 주로 테이크아웃을 하거나 잠깐 짬을 내어 에스프레소를 마시고 돌아가는 사람들이 즐겨 찾는다. 때론 진풍경이 벌어지기도 한다. 일반적으로 일본에서는 카페에서 외부 음식 반입이 허용되지 않는다. 하지만 Bear Pond Coffee는 맞은편에 자리한 '하라 도넛Hara Donut'에서 도넛을 사와 커피와 함께 요기를 하는 사람들이 자주 눈에 띈다. 카페 안에 테이블이라 부를 만한 자리가 없는데도 도넛과 커피가 만들어내는 찰떡궁합의 유혹을 이겨내지 못한 사람들은 기꺼이 서서 먹고 마시는 불편을 마다하지 않는다. 오히려 두 곳의 맛을 동시에 누리는 만족스러운 표정이 묻어난다. 나는 창가에 걸터앉아 그들을 보면서 카푸치노와 에스프레소를 연거푸 마셨다. 비록 도넛이 빠졌지만, 부드러운 우유 거품과 진한 커피 향을 느끼며 방금 전까지 내 귓전을 간질이던 음악을 떠올렸다. 그리고 익숙한 듯 낯선 시모기타자와 거리 풍경을 마음 깊이 새겨 넣었다. 멀리서 규칙적이지만 아련하게 흘러가는 전차 소리가 오늘 하루도 저물어가고 있음을 알려주었다.

三ッ矢堂製麺
ARC
EN
CIEL
やってますヨ
まずは冷もりで
おいしさへの追求

8th

표현자, 그들이 보내는 편지, 테가미샤 · 히바리

手紙舍·ヒバリ

도쿄 연선沿線 가운데 하나인 케이오京王 선이 지나는 초후시調布市 쓰쓰지가오카つつじヶ丘에는 우리나라에서 1980~90년대 주택 공급의 일환으로 세워졌던 단층 아파트 단지의 풍경이 지금도 남아 있다. 쓰쓰지가오카 역 남쪽 출구에서 도보로 약 10분 정도 나오면, 도쿄의 화려함도, 일본 특유의 아기자기한 꾸밈도 없는 평범한 동네와 낡고 빛바랜 아파트 단지가 빚어내는 묘한 조합을 만날 수 있다. 서울의 옛 아파트들은 진즉에 철거되어 고층 주상복합아파트가 그 자리를 대신하는 반면, 쓰쓰지가오카에는 45년 전 세워진 59채의 아파트가 지금도 오밀조밀 단지를 이루고 있다.

여행 초반 나는 쓰쓰지가오카에서 한동안 머물렀다. 취업과 동시에 도쿄로 거처를 옮긴 친구 집에서 잠시 동안 신세를 졌다. 이곳에 온 다음날

부터 매일 아침 낯선 동네 이곳저곳을 기웃거렸다. 전철을 타기 위해 건너야 하는 노가와野川 강변과 해맑은 어린아이들의 함성이 들리는 소학교 운동장, 엘리베이터도 없는 아파트의 좁은 입구에 세워진 낡은 자전거, 군데군데 흠집이 보이는 회색빛 건물 외벽은 볼 때마다 신선했다. 쓰쓰지가오카의 진다이 단지神代団地는 마치 1965년이 45년간 지속된 듯하다. 주변에 그 흔한 편의점도, 일본 주택가 어디에서나 어렵지 않게 볼 수 있는 카페나 식당 같은 편의시설도 찾아보기 힘들다. 케이오 선을 타면 신주쿠까지 고작 20~30분 정도밖에 소요되지 않는 곳이지만, 신기할 정도로 시골 냄새가 자욱하게 깔려 있다. 이런 풍경이 내게는 오히려 더 윤택하게 느껴졌다. 단지의 중심부를 흐르는 강과 사람의 손이 닿지 않아 제멋대로 자란 무성한 녹음, 아파트 동마다 알록달록 꽃을 피운 화단은 모노톤의 단지에 화려한 색을 입혔다.

아파트 상가가 들어선 단지 내 공원은 주민들의 쉼터이자 어린이들의 놀이터이다. 상가로 사용되는 건물은 총 두 채. 은행과 우체국, 슈퍼마켓 등 생활에 필요한 편의시설이 약간 부족한 듯 자리하고 있다. 바로 이곳에 '테가미샤·히바리手紙舎·ヒバリ'가 낙하한 깃털처럼 1965년의 시간을 거스르지 않고 사뿐하게 광장에 내려앉아 둥지를 틀고 있다.

테가미샤·히바리와의 만남은 치밀한 각본에 의해 움직이는 한 편의 드라마 같았다. 도쿄에 오면 며칠 머물다 가라던 후배의 집이 테가미샤·히바리와 같은 동네일 줄은 꿈에도 상상하지 못했다. 더 놀라운 일은 오사

카에 살던 지인 L이 도쿄로 이사를 왔다는 소식을 듣고 찾아 갔을 때 일어났다. 그때까지만 해도 나는 테가미샤 · 히바리에 대해 전혀 아는 바가 없었다. 무엇을 하는 곳인지, 어떤 곳인지 L을 통해 전해 들었다. 내가 짬을 내어 꼭 가보겠다고 하자, L은 내가 쉽게 찾을 수 있도록 한 자 한 자 정성스럽게 주소와 약도를 적어 내려갔다.

- 윤정, 지금 어디에서 지내?
- 후배가 도쿄로 취직해서 왔는데 며칠 동안은 그곳에 있으려고요.
- 동네가 어디야?
- 쓰쓰지가오카예요. 이번에 처음 가봤어요. 발음하기 너무 어려워요. 쓰쓰, 쓰쓰지가오카.

나는 L 앞에서 음악다방 DJ라도 된 듯 '쓰(つ)' 발음을 반복적으로 연습했다. 내 발음이 이상했던 걸까. L은 주소를 적다 말고 놀란 토끼눈으로 바라봤다.

- 어떻게 이런 우연이 있지? 윤정이 쓰쓰지가오카에 머물거라고는 상상도 못했어. 방금 내가 말한 테가미샤 · 히바리가 바로 그 쓰쓰지가오카에 있어!

L의 말에 나도 적잖이 놀랐다. 우리네 삶은 때때로 자신의 의도와는 무관하게 보이지 않는 힘에 이끌려 어딘가로 흘러간다지만, 내게는 이번 경우가 그랬다. 테가미샤 · 히바리를 둘러싼 인연의 실타래는 도쿄에 도착한 순간부터 길게 이어졌는지도 모른다.

L은 내게 특별한 부탁을 했다. 테가미샤 · 히바리에게 한 통의 편지를 전해 달라는 거였다. L은 오사카에 살 때부터 이곳과 각별한 사이였다. 그러나 도쿄로 거처를 옮긴 후부터 제대로 인사를 나누지 못했다며 자신을 대신해서 안부를 전해달라고 했다. 나는 반가운 소식을 전하는 집배원이 된 기분으로 L의 부탁을 흔쾌히 승낙했다.

며칠 후, 햇살이 머리꼭지를 따뜻하게 데워주는 오후에 울창한 고목古木의 그늘이 드리운 광장을 지나 진다이 단지 35동에 위치한 테가미샤 · 히바리를 찾았다. 화창한 초여름 날씨에 미닫이문을 활짝 열어놓은 테가미샤 · 히바리는 문밖까지 맛있는 냄새가 솔솔 풍겼다. 어린아이의 손을 잡고 온 한 무리의 사람들은 이웃과 정겨운 점심시간을 즐기고 있었다. 어른 아이 할 것 없이 얼굴에는 한껏 웃음꽃이 피었다. 내 얼굴도 덩달아 산뜻한 미소가 걸렸다. 나는 진짜 집배원이라도 된 듯 "실례지만, 기타지마 상 계십니까?"라고 말하며 테가미샤 · 히바리의 문을 두드렸다. 기타지마 상은 L의 편지 속 주인공이자, 테가미샤 · 히바리를 이끄는 수장首長이었다. 기타지마 상은 L의 편지를 받고 반가운 기색을 감추지 않았다. 기분 좋은 소식을 전하는 나도 뿌듯하기는 마찬가지였다. 기타지마 상은 편지

DRUG

를 전해준 내게 차 한 잔을 권했다. 하지만 나는 다음을 기약하고 그곳을 떠나야 했다.

- 오늘은 편지만 전하고, 조만간 다시 올게요. 이곳에서 가까운 곳에 머물고 있으니까 언제라도 올 수 있어요.

그러나 정작 내가 테가미샤 · 히바리를 다시 찾은 것은 쓰쓰지가오카의 후배 집을 나와 거처를 옮기고 나서였다. 그날은 부슬부슬 비가 내리는 축축한 오후였다. 쓰쓰지가오카 진다이 단지 광장에는 아직 채 가시지 않은 봄기운에 눅진한 초여름의 공기가 뒤섞여 약한 한기마저 느껴졌다.

- 바쁘신데 시간 내주셔서 감사해요.
- 괜찮아요. 내일 있을 인터넷 생방송 때문에 정신이 없지만, 늘 분주하니 염려 말아요.

- 방송도 하세요?

- 무려 4시간 생방송이에요! 굉장하죠?

- 우와~ 4시간이나요? 어떤 방송이에요?

- 시청자들과 바로바로 소통하는 인터넷 방송이에요. 라이브 공연, 히바리의 요리 강습, 강연회 등 내용도 제법 풍성해요. 한번 볼래요?

기타지마 상은 지난번 방송을 보여주겠다며 노트북을 가지러 갔다. 그 사이 스태프 중 한 사람이 "오늘 히바리 영업이 끝나서 먹을 게 이거밖에 없네요. 드시면서 천천히 얘기 나누세요"라며 아이스크림과 차를 내준다. 테가미샤·히바리는 이름 사이에 찍힌 방점에서 짐작할 수 있듯 출판사 '테가미샤'와 밥집ごはん屋 '히바리'가 함께하는 공동체이다. 낮 12시부터 오후 4시까지 히바리가 영업을 하는 동안에는 테가미샤의 직원들이 카페 스태프로 일을 돕고, 히바리가 문을 닫는 오후 4시 후에는 본업으로 돌아간다.

- 아이스크림 녹겠어요. 먹으면서 봐요.

노트북을 들고 온 기타지마 상이 아이스크림을 한 입 베어 물며 지난해 자료를 보여주었다. 타이틀은 '채널 삼륜사'. CD레이블 333Disc와 편집팀 테가미샤, 영상기획제작팀 네루야마 연구소가 힘을 합쳐 만든 인터넷 방송 채널이다. 테가미샤 · 히바리의 카페 공간을 스튜디오 삼아 늦은 밤까지 책과 음악, 요리, 사람 사는 이야기가 쉬지 않고 이어진다.

- 테가미샤 · 히바리를 한 단어로 설명하는 건 불가능할 것 같아요. 출판, 카페도 모자라 방송까지 만들다니 굉장히 다양한 얼굴을 갖고 있네요.
- 우리는 재미있고 즐거운 일을 찾아내서 그것들을 표현하는 사람들이에요. 방송은 사람들과 한데 어울려 공유하고 소통하는 수단일 뿐이죠.
- 함께 즐기자는 취지군요.
- 그런 셈입니다.
- 최근 일본에는 테즈쿠리이치手作り市(손으로 직접 만든 물건을 사고파는 시장)가 선풍적인 인기라고 들었어요. 테가미샤 · 히바리가 주최하는 모미지이치もみじ市가 그 시초라고 들었어요.
- 모미지이치는 어른들을 위한 문화제입니다. 모미지이치가 테즈쿠리이치의 시초인지는 모르겠지만 화제를 모은 건 사실입니다. 이후 비슷한 형태의 테즈쿠리이치가 많이 생겨났으니까요. 모미지이치에는 미

술, 요리, 목공 등 다양한 분야에서 활동하는 사람들이 참여합니다.
이미 명성이 자자한 이들이 참가하다보니 이들의 작품을 보기 위해
많은 사람들이 모미지이치를 찾습니다.

테가미샤·히바리가 쓰쓰지가오카 진다이 단지 광장에 문을 연 것은 2009년 가을이었다. 도쿄에서 출판업을 하던 테가미샤와 히로시마에서 카페를 하던 히바리가 하나의 둥지를 만들어 지금에 이르렀다. 이곳을 단

순히 카페나 식당, 혹은 출판사나 책방으로 분류하는 건 곤란하다. 굳이 설명하자면 테가미샤 · 히바리는 밥을 먹고 차를 마시는 공간이자, 세상의 재미난 이야기를 다양한 방법으로 표현하는 '표현자'들의 모임이라고 해야 옳다.

히바리의 주방을 책임지는 세이코 상은 요리를 통해 자신을 표현한다. 세이코 상은 제철 채소를 사용해 재료 고유의 맛을 살린 요리를 선보인다. 세이코 상은 자신의 주방과 요리를 봄에 우는 '히바리ヒバリ(종달새)'라 부른다. 자신의 요리가 종달새의 청량한 울음소리처럼 사람들 마음에 봄과 같은 따뜻함으로 전해졌으면 하는 진심을 담은 것이다.

기타지마 상을 중심으로 모인 테가미샤는 출판, 전시, 방송 기획 등 다양한 매체와 방식으로 자신들만의 독특한 생각을 표현하고 전달한다. 1년에 한 번 쓰쓰지가오카 인근 타마가와多摩川 강변에서 열리는 모미지이치는 '표현자'들이 한데 모여 벌이는 축제다. 요리 연구가, 파티쉐, 예술가 등 다방면에서 활동하는 표현자들이 이날을 위해 특별히 제작한 레시피북, 베이커리, 도시락, 조각, 그림 등을 선보인다. 모미지이치가 특별한 이유는 단순히 물건을 사고파는 목적을 넘어 참가자들이 서로의 행복과 생각을 공유한다는 데 있다.

테가미샤가 모미지이치를 시작한 것은 2006년 가을부터였다. 하지만 얼마 지나지 않아 1년에 한 번 가을에만 열리는 이 행사를 손꼽아 기다리는 사람들이 늘어나면서 지금은 일본 전역에서 사람들이 모여 드는 큰 행

사로 자리 잡았다. 모미지이치가 열리는 날에는 새벽부터 타마가와 강변은 인산인해를 이룬다. 이틀간의 짧은 '어른들을 위한 문화제'가 막을 내리면 모두가 눈물로 아쉬움을 나누며 내년에 다시 만날 것을 기약한다. 스스로를 '표현자'라 부르고 가슴에 식지 않는 열정을 안고 사는 이들이 부러울 따름이다.

테가미샤 · 히바리의 창밖에는 여전히 비가 내렸다. 촉촉하게 내리는 비 사이로 우산을 쓴 행인만 드문드문 보이는 고즈넉한 풍경에 잠시 넋을 잃었다. 기타지마 상이 장소 하나는 기가 막히게 골랐다는 생각이 든다.

- 처음 테가미샤를 열었을 때는 작은 맨션을 빌려 사무실로 사용했어요. 커다란 책상 하나를 갖다놓고 책 만드는 일에만 몰두했습니다. 하지만 출판 말고도 도전하고 싶은 일들이 많았어요. 우선 사람들이 쉽게 모일 수 있는 장소를 만들자고 결심했지요. 도쿄를 벗어날 순 없겠지만, 그 안에서 한적한 곳을 찾았어요. 그러던 중 우연히 진다이 단지 상가 1층이 비었다는 소식을 들었어요. 부리나케 연락하고 와서 보니 우리가 찾던 그런 곳이었습니다. 저 앞에 커다란 나무가 보이죠? 1965년에 지어진 아파트 단지와 공터, 자연이 어우러진 곳. 우리는 금세 이곳에 매료되고 말았습니다. 어때요? 쇼와昭和의 냄새가 나지 않나요?"

手紙舎

테가미샤・히바리에는 20세기와 21세기, 아날로그와 디지털이 공존한다. 이곳은 단조로운 일상에서 찾은 재미와 즐거움을 함께 나누고 꿈꾸자고 손을 내민다. 테가미샤・히바리는 작지만 커다란 꿈을 꾸는 꿈의 공장이다. 표현자를 대표해 꿈 공장장은 매일 편지를 쓴다. 따뜻함과 즐거움으로 가득 찬 편지를 작은 종달새가 배달해준다. 종달새가 물어다준 편지에는 무료한 삶에 잠시 잊고 있던 꿈의 톱니바퀴를 다시 한번 힘차게 움직이자는 격려가 담겨 있다. 도쿄 변두리 소도시에 지어진 꿈의 공장은 지금도 쉴 새 없이 '꿈의 편지'를 부치고 있을 것이다. 나에게, 그리고 당신에게.

테가미샤・히바리手紙舎 ヒバリ
東京都調布市西つつじヶ丘 4-23-35 神代団地内 1F
수~일 11:45~16:00, 18:00~23:00(저녁은 4인 이상 예약제. 1인 2,500엔) ● 월요일, 화요일에는 쉰다.
www.mc-books.org/tegamisha_hibari

9th

나무가 되고 싶은 곳, 토키야

Tokiya

이전이나 지금이나 내 책에 실린 사진은 모두 여행을 다니며 직접 찍은 것들이다. 비록 잘 찍은 사진이라고 생각하지는 않지만, 나는 내가 찍은 사진을 좋아한다. 그건 아마도 여행과 일상의 기억을 담은 기록물의 가치를 갖기 때문이리라. 물론 사진을 좀 더 잘 찍고 싶은 욕심은 여전하다. 기회가 닿는다면 본격적으로 사진을 공부하고 싶다. 그런 점에서 이번 여행에 또래 사진작가를 만난 건 의미 있고 즐거운 경험이었다. 처음 만났는데도 전혀 어색하지 않고 서로에게서 닮은 구석을 발견할 수 있는 사이, 오랜 친구처럼 편안하게 이야기를 나누었던 만남에 대해 어찌 이야기하지 않을 수 있을까?

사진작가로 데뷔한 지 2년 정도 되었다는 오카무라 노리코 상을 만나기 위해 향한 곳은 가쿠게다이가쿠学芸大学 역 인근에 위치한 카페 토키야Tokiya였다. 좁은 골목의 가정집을 개조해 만든 토키야는 온 가족이 함께 운영하는 단란한 분위기의 카페다. 오카무라 상에 따르면 이곳은 원래 다이칸야마代官山에서 3년 정도 영업을 하다가 2008년에 가쿠게다이가쿠 역으로 이전했다고 한다. 가게를 옮긴 사연이야 어떻든 다이칸야마 시절부터 쌓아온 토키야만의 가족적인 분위기는 변함없이 이어지고 있다. 일본에는 한 자리에서 수십 년간 영업하는 가게가 많은 편이다. 하지만 요즘은 저마다 사정으로 인해 자리를 옮기거나 이사하는 경우도 종종 있다. 단골들 입장에서는 오래도록 한곳에 머물러 주었으면 하는 바람이 크겠지만 이사를 가서라도 좋은 가게가 사라지지 않고 남는 것도 고마운 일이다. 비록 다이칸야마 시절의 토키야는 가보지 않았지만 누군가는 이곳이 아름다운 보석처럼 영원히 반짝반짝 빛나길 바랄 터이다.

그런데 이상하게도 토키야에 당도했지만 안으로 선뜻 들어가지 못했다. 마치 남의 집 울타리를 넘어 과일서리하는 아이처럼 기웃대기만 했다. 후미진 골목, 초록의 정원 숲에 둘러싸인 토키야의 풍경은 정녕 이곳이 카페인지 당황스러울 정도였다. 그동안 주택을 개조한 카페는 제법 가봤지만, 이곳은 유난히 '집'의 이미지가 강했다.

"그냥 집 같죠? 나도 처음엔 놀랬어요. 언뜻 봐서는 이곳이 카페인지 눈치채지 못할 거예요"라며 오카무라 상이 나를 이해한다는 듯 고개를 끄덕였다. 우리는 칠이 다 벗겨진 철제 문으로 들어가 현관문을 열었다. 이번에는 신을 벗고 올라서야 할지, 신을 신은 채로 올라서야 할지 망설여졌다. 혹 다른 사람들은 어떤가 싶어 안쪽에 앉은 사람들의 발 모양새를 살폈다. 신발을 신은 채였다.

오카무라 상과 나는 정원이 훤히 보이는 창가 자리에 볕이 좋은 녹음을 배경으로 마주앉았다. 자리에 앉자마자 우리는 엄마가 차려주는 밥상을 기다리는 철부지 딸들처럼 조잘대기 시작했다. 오카무라 상이 들려주는 이야기는 토키야에서 처음 맛본 드라이 카레처럼 익숙한 듯 새로운 질감과 맛으로 다가오는 별미였다.

오카무라 상은 일본의 광고업계에서 최고의 사진가로 꼽히는 '우에다 요시히코'를 스승으로 모시고 있는 신출내기 사진가이다. 체구는 작지만 사진 이야기를 나눌 때면 대단한 열정과 에너지가 뿜어져 나온다.

- 처음에는 사진을 배우기 위해 전문학교라도 다녀야 하는 건 아닌가 고민했어요. 그때 선생님을 만났지요. 선생님은 사진을 배우기 위해 학교에 다닐 필요가 없다고 하시면서 자신을 도우며 현장에서 사진 감각과 기술을 익히라고 하셨어요. 2년 정도 선생님의 조수로 일했죠. 선생님 말씀처럼 현장에서 보고 느낀 것들은 학교에서는 배우지 못할 값진 공부이자 경험이 되었어요.

오카무라 상과는 오늘 처음 만났을 뿐인데 이야기를 나눌수록 죽마고

tokiya
店主

우처럼 죽이 척척 맞았다. 마치 약속이나 한 듯 이야기 중간 중간 추임새를 넣을 정도로 서로의 이야기에 흠뻑 빠져들었다. 가장 놀랐던 건 서로의 꿈에 대해 이야기할 때였다. 나와 오카무라 상은 둘 다 '다시 태어난다면 나무가 되고 싶다' 는 소망을 간직하고 있었다. 나무가 되고 싶은 이유는 명확하지 않았다. 아마도 '자연이 좋아서' 가 그 시작이었으리라. 하지만 같은 꿈을 꾸는 사람과 만난 건 오카무라 상이 처음이었다. 굉장히 새롭고 신기한 경험이었다.

오카무라 상과 금세 가까워질 수 있었던 데는 토키야가 만들어내는 편안함이 한몫했다. 처음 토키야를 마주했을 때 머뭇거리던 게 믿기지 않을 만큼 이곳의 분위기에 젖어 들었다. 마치 학창 시절 친구 집에 놀러 가, 어머니가 차려주는 밥을 먹고 이야기꽃을 피우던 옛 추억의 한 페이지를 펼친 듯했다. 오카무라 상이 이곳을 좋아하는 이유를 알 수 있었다. 토키야는 가지를 활짝 편 아름드리나무이자 안락한 쉼터였다.

이야기가 한창 무르익을 무렵 오카무라 상은 불쑥 자신의 집으로 나를 초대했다. 자신과 스승의 작품을 보여주고 싶다는 거였다. 대화를 나누는 동안에도 느꼈지만 오카무라 상은 참으로 허물없고 순수한 사람이다. 이런 점은 그녀의 작품에도 고스란히 녹아 있었다. 자연을 사랑하고 옛것을 소중히 하는 마음이 담긴 사진은 여러 매체를 통해 호평을 받았다. 하지만 그녀는 "선생님이 아니었으면 이렇게 사진에 빠져들지 못했을 것"이라며 모든 공을 스승에게 돌렸다.

- 선생님의 사진은 대단해요. 선생님이 찍은 사진에는 이야기가 살아 있어요. 감동을 주죠. 나도 언젠가는 선생님과 같은 사진을 찍고 싶어요. 가능하겠죠?

물론이다. 아니, 오카무라 상의 사진에는 이미 수많은 이야기가 담겨 있다. 그녀의 눈과 손가락이 빚어낸 한 장의 세상은 따뜻하고 섬세하며 온화했다. 나는 그녀의 작품과 대화를 나누었고, 자연스런 아름다움에 진심으로 감동했다. 그렇게 그녀의 열정은 나에게 뜨겁게 전달되었다. 오늘의 만남이 질 좋은 토양에 뿌리 내린 나무처럼 오래도록 지속되기를 바란다.

토키야 Tokiya
東京都目黒区五本木 2-53-12
화~금 17:00~24:00(음식 주문은 22:00까지),
토, 일, 국경일 12:00~24:00(음식 주문은 22:00까지)
월요일에는 쉰다.
www.tokiya.org

10th

정오의 시나가와

品川

'12시에 만나요, 브라보 콘. 둘이서 만나요, 브라보 콘'은 시대를 풍미한 CM송이다. 기억하기 쉬운 멜로디와 노랫말로 만들어진 이 노래 덕분에 브라보 콘도 덩달아 인기를 누렸다. 그러나 '밥심'으로 사는 대한민국의 평범한 삼십대인 나에게 12시에 만나 아이스크림 먹으며 데이트하자는 노랫말은 지나치게 달다. 몇 년 전까지만 해도 밥 대신 아이스크림으로 끼니를 때워도 충분했던 시절이 있었건만, 이제는 끼니를 거르면 큰일 날 듯 꼬박꼬박 밥을 챙겨먹는다. 씹으면 씹을수록 단맛이 배어나는 밥에서 인생의 참맛을 깨닫게 되었다고 할까? 사정이 이러하다보니 평소보다 활동량이 늘어나는 여행지에서는 끼니를 챙기기 위해 무척 분주해진다. 이런 분주함이 비단 나만의 사정은 아니리라. 모름지기 사람이란 매일 몸을 움직여 활동하고 그로 인해 소비한 에너지를 보충하기 위해 밥을 먹는 존재니 말이다. 이런 인간에게 '먹는다'는 행위는 인간의 가장 기본적인 본능이자 삶에 대한 충실함이다. 이 충실함은 한낮의 오피스 가街에서 더욱 생생히 느낄 수 있다. 오전 업무를 마치고 거리로 쏟아져 나온 직장인들의 바쁜 걸음걸이는 어느 나라나 모두 비슷한 풍경을 만들어낸다. 그런데 도쿄의 대표적인 오피스 가인 시나가와品川에는 조금 이색적인 점심 풍경이 펼쳐진다.

넓은 도로가 유난히 한산한 오전의 침묵. 하지만 해가 가장 높이 뜨는 정오가 되자 어디선가 각양각색의 왜건 차량이 몰려든다. 이들은 모두 이동식 음식점이다. 하나둘 모습을 드러낸 차량들이 도로에 긴 행렬을 만들면 고층빌딩은 참았던 숨을 쏟아내듯 일제히 사람들을 쏟아낸다. 이 장관을 보기 위해 점심시간에 맞춰 시나가와 오피스 가를 찾았다. 마침 머물고 있는 친구의 집이 이곳과 가까웠다. 바쁜 시간을 쪼개 함께 길을 나서준 친구가 곁에 있어서 소풍을 가는 것마냥 즐거웠다. 12시 전에 시나가와에 당도한 우리는 반짝 이동 식당 차량이 출몰한다는 곳으로 걸음을 옮겼다. 마침 바깥에서 도시락을 먹기에 좋은 쾌청한 날씨다.

이동식 레스토랑은 'jun'이라는 일본 의류 브랜드 본사를 기점으로 모여들었다. 시계가 12시를 가리키자 마법이 풀린 신데렐라처럼 말쑥한 차림의 회사원들이 거리로 나와 도로에 차려진 뷔페를 기웃거렸다. 점심에 출몰하는 이동 차량은 십여 대에 이른다. 겹치는 메뉴 하나 없이 저마다

焼たてナン
本日サモササービス
Friday Samosa Free
ハベリ駒込店
インド料理
本日
サモサ
サービス
当店は焼きたてのナンをお出ししています!!

특색 있는 요리를 선보인다. 그러니 메뉴를 고르는 데도 상당히 고민된다. 마음을 정한 사람들은 음식을 사기 위해 차량 앞에 긴 줄을 만들어 섰다. 도로 곳곳에서 맛있는 냄새가 솔솔 피어나며 코끝을 자극했다.

물론 서울의 여의도와 세종로 등 직장인 밀집 지역에서도 이동판매 차량을 어렵지 않게 찾을 수 있다. 그러나 대부분 분식이나 커피를 판매하는 데 그치는 우리와 달리 일본의 이동판매 차량은 세계 각국의 요리를 즉석에서 만들어 제공한다. 한 시간 남짓의 점심시간 동안 멀리 발품을 팔지 않고도 자신이 원하는 음식을 먹을 수 있다. 일본에서 한 끼 점심식사에 약 1,000엔(한화 15,000원 상당)이 드는 데 비해, 이곳의 음식들은 절반밖에 되지 않아 인기도 나날이 치솟고 있다.

시나가와 도로 뷔페는 마치 세계 음식 박람회에 온 듯했다. 가지각색의 외관만큼 동서양의 음식문화가 한자리에 펼쳐지고 있었다. 인도 커리를 판매하는 이동판매 차량에는 난nan을 굽는 화덕까지 구비해놓고 사람들의 호기심과 식욕을 동시에 만족시킨다.

한참 동안 점심의 색다른 구경거리를 즐기던 나도 길게 늘어선 행렬에 끼어들었다. 무엇을 먹을까 고민한 끝에 이름도 낯선 잠발라야Jambalaya를 선택했다. 잠발라야는 서양식 덮밥의 한 종류로, 볶음밥에 닭고기나 해산물 등을 얹어 먹는 요리다. 시나가와에서 맛본 잠발라야는 고슬고슬 볶은 밥에 쿠로커리黒カレー를 얹고 소시지와 닭고기, 야채샐러드를 곁들였다. 맛은 물론 양도 푸짐해 한 끼 식사로 손색이 없었다. 밥 위에 얹은 쿠로커

焼肉

리는 처음 맛보는 것이었는데, 목 안쪽에서 느껴지는 깊은 향신료가 굉장히 매력적이다.

이동판매 차량에서 음식을 구입한 사람들은 사무실이나 휴게소로 올라가거나 근처 공원으로 장소를 옮겨 삼삼오오 짧지만 행복한 '점심 피크닉'을 즐긴다. 시간에 쫓기며 점심을 해치우기 바쁜 우리와는 사뭇 다른 풍경이다. 나와 친구는 시나가와 강변 벤치에 앉아 유유히 흐르는 강물을 바라보며 작지만 큰 호사를 누렸다.

자신의 차례가 오기를 기다리며 앞뒤 사람과 도란도란 이야기를 나누는 사람들, 단출한 주방이지만 정성껏 요리를 담아내는 젊은 요리사를 보면서 음식이란 단순히 먹는 데 그치는 것이 아니라 만드는 이와 먹는 이가 서로의 생生을 공유하고 나누는 것임을 다시 한번 깊이 깨닫는다.

金龍山

자가 효모 빵이 숨 쉬는 곳, 코노하나

粉花

스미다가와隅田川 위를 달리는 수상버스와 산토리 본사의 상징물이 멀리 바라다 보이는 아사쿠사浅草는 에도시대의 정서가 유유히 흐르는 일본 최대의 관광지다. 오밀조밀한 아름다움이 돋보이는 아사쿠사 일대는 주말이면 세계 각국의 관광객들이 몰려들어 인산인해를 이룬다. 인파를 뚫고 인력거를 모는 사람들의 호객 소리에서는 여행의 잔재미를 느낄 수 있다.

센소지浅草寺는 아사쿠사 최고의 명소로 꼽힌다. 센소지로 가기 위해서는 가미나리몬雷門을 거쳐야 한다. 예나 지금이나 아침 일찍 관광을 나온 사람들이 기념촬영을 하느라 여념이 없다. 정작 한 번도 가미나리몬 앞에서 기념사진을 찍은 적이 없는 나지만, 기쁜 얼굴로 사진을 찍는 사람들을 보노라면 괜시리 가슴이 두근거린다.

센소지로 향하는 길목의 나카미세仲見世는 일본을 기억하기에 좋은 선물을 사기에 좋다. 다만 같은 물건이라도 상점에 따라 가격이 천차만별이라는 점을 잊어서는 안 된다. 관광지에서 가격을 비교하는 것은 일본이라고 예외는 아니다.

참새가 방앗간을 그냥 지나치지 못하듯 당고団子와 센베이せんべい 같은 주전부리를 파는 가게를 지날 때면 '먹을 것인가, 말 것인가, 그것이 문제로다!'를 읊조리며 행복한 고민에 빠진다. 하지만 오늘은 유혹을 뿌리치고 경주마처럼 앞만 보고 달릴 작정이다. 오늘 내가 아사쿠사를 찾은 이유는 조금 특별하니 말이다.

아사쿠사 센소지를 지나 코토토이도리言問通り로 나오면 아사쿠사 관음당観音堂 뒤편 건널목이 나온다. 건널목과 인접한 길을 조금만 오르면 하얀 외벽에 격자창이 앙증맞은 베이커리 카페 '코노하나粉花'에 당도한다. 2008년 아사쿠사의 한적한 동네에 문을 연 코노하나는 자가 효모를 이용해 발효 빵을 굽는 베이커리 가게다.

아사쿠사의 맛집으로 확실하게 자리 잡은 코노하나는 사이좋은 자매가 이끌어간다. 귀여운 외모에 활달한 성격의 언니 마코미 짱은 빵을 굽고, 내성적이지만 성실하고 침착한 동생 메구미 짱은 커피를 내린다. 학교가 파하는 시간이면 아이들의 손을 잡고 간식을 사러 오는 사람들로 가게 안은 북적거린다. 아이들은 맛좋은 빵과 음료를 먹으며 코노하나의 자매에게 그날 일어난 일들을 이야기한다. 그림을 그려 선물하는 아이들도

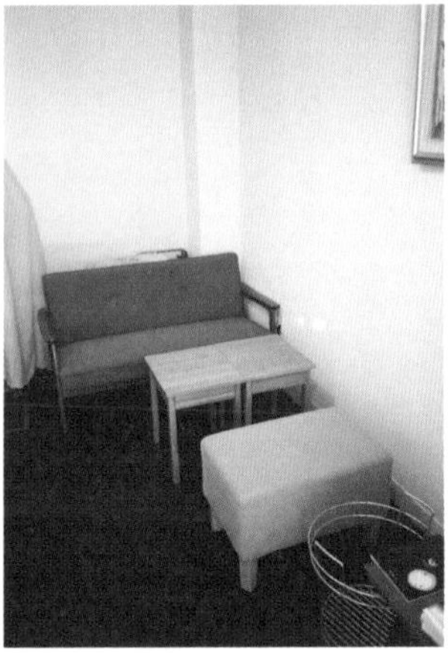

있었다. 특히 생글생글 웃는 얼굴로 아이들의 다정한 말 상대가 되어주는 마코미 짱의 인기는 '아이돌'을 능가할 정도다. "마코미 짱, 마코미 짱, 이거 봐요"라며 그녀에게서 떨어질 줄 모르는 아이들이 귀찮을 법도 한데, 마코미 짱은 언제나 웃는 얼굴로 아이들의 친구가 되어준다. 이와 달리 메구미 짱은 아이들의 선생님 역할을 자처한다.

이렇듯 서로 매력이 전혀 다른 두 자매의 조화는 코노하나를 구성하는 중요한 요소이다. 한쪽이 지나치게 앞서거나 튀어 오르면 다른 한쪽이 그것을 눌러주고, 반대로 지나치게 뒤로 빼고 잠잠하면 다른 한쪽이 기세 좋게 활력을 불어넣는 모습은 부러울 정도다. 이러한 어울림은 우리가 살아가는 데 반드시 필요한 요소가 아닐까 싶다.

자매의 손맛이 깃든 발효 빵은 건포도에서 추출한 자가 효모를 사용해 만든다. 베이글, 머핀, 견과류, 과일이 들어간 호밀 빵 등이 이곳의 대표 메뉴다. 그중 발효 식빵은 코노하나의 빵 중에서도 높은 인기를 자랑한다. 부드러운 커피와 토스트를 주문하면 자매는 즉석에서 발효 식빵을 도톰하게 잘라 빵의 표면만 노릇하게 구워 버터와 함께 내준다. 따끈하게 구운 식빵을 먹기 좋은 크기로 찢으면 바삭하고 쫄깃한 단면이 갈라지며 그 속에 숨어 있던 보송보송한 속살이 드러난다. 그 위에 버터를 살살 바르고 한입 베어 물면 입안에 진하게 퍼지는 고소한 빵 냄새에 발효 빵 특유의 시큼한 향이 코끝을 맴돈다. 향을 음미하며 먹는 것. 이것이 바로 효모 빵을 제대로 즐기는 방법이다.

코노하나는 나카바야시 상의 도넛 드리퍼를 사용해 커피를 내린다. 도넛 드리퍼로 내린 커피를 맛보지 못했다면 이곳에서 그 맛을 느끼는 것도 좋겠다. 이를 위해서는 아사쿠사 나카미세에 길게 늘어선 맛있는 유혹을 뿌리치고 향내 가득한 센소지를 서둘러 벗어나야 한다. 그리고 여행 가이드북에도 나와 있지 않은 관음당 뒷골목에 접어들어 빵 굽는 언니와 커피 내리는 동생이 있는 작지만 행복한 빵집 코노하나를 찾아야 한다. 의좋은 자매가 당신을 위해 내놓는 빵은 단순히 맛만 좋은 게 아니라 건강한 웃음과 소박한 행복이 깃들어 있다.

코노하나 粉花
東京都台東区浅草 3-25-6 1F
빵 판매 개시는 10:30부터, 카페 영업은 12:00~18:00(토요일, 국경일은 16:00까지)
일요일, 월요일, 화요일에는 쉰다.
http://mayupan358.exblog.jp

12th

일본에서 카레의 참맛을 만나다,
스카이 트리 & 스파이스 카페

Sky Tree & Spice Cafe

각종 향신료로 맛을 내어 밥이나 빵을 곁들여 먹는 커리curry는 전 세계인들에게 사랑 받는 음식 중 하나다. 알다시피 커리의 본고장은 인도다. 하지만 우리에게는 '커리'보다 '카레'라는 말이 더 친숙하다. 그건 아마도 메이지 시대에 영국과의 교역을 통해 들어온 커리가 일본에 전파되면서 일본식 발음인 '카레'를 먼저 접했기 때문이리라. 이름이 어찌됐든 나는 매콤한 향신료로 맛을 낸 카레를 좋아한다. 일본에 갈 때마다 카레 맛집 한두 군데는 반드시 들른다. 이번 여행에서도 마찬가지로 지인의 추천을 받아 카레 전문 카페를 찾았다.

아사쿠사浅草 선 오시우에押上 역 인근에 자리한 '스파이스 카페Spice Cafe'는 카레를 전문으로 만드는 향신료 카페다. 이곳의 카레는 일본과 인도

중 어느 한쪽에 치우지지 않고 자신만의 길을 묵묵히 걷는 듯한 내공을 지니고 있다.

한적하기 이를 데 없는 오시우에의 주택가에 위치한 스파이스 카페를 찾아가는 길. 그 길에서 뜻하지 않게 '스카이 트리Sky Tree'와 마주쳤다. 도쿄 타워의 두 배에 달한다는 말이 무색하지 않게, 스카이 트리는 어마어마한 높이를 자랑했다. 어린 시절 읽었던 『잭과 콩나무』 이야기처럼 천상에 닿을 듯 하늘 높이 솟아오른 스카이 트리가 오시우에 역에서 가깝다는 사실을 알지 못했던 나는 한동안 자리를 뜨지 않고 땅 위에 솟은 거대 전파 탑의 위용을 감상했다.

일본의 유명 맛집은 번화하지 않고 쉽사리 찾기 힘든 구석에 자리한 곳이 유독 많다. 입구가 어디인지 헷갈리는 곳도 비일비재하다. 스파이스 카페도 예외는 아니어서, 간판은 있지만 건물 전체가 담쟁이넝쿨로 뒤덮여 입구를 찾기 힘들었다. 입구를 착각해 남의 집 문을 벌컥 여는 실수를 범할 정도였다.

건물 안쪽 깊숙이 자리한 스파이스 카페는 일본의 식도락가들 사이에서 소문이 자자한 곳이다. 점심시간에는 앉을 자리가 없어 오랜 시간을 밖에서 기다려야 한다. 스파이스 카페의 오너이자 쉐프로 보이는 중년신사는 카운터에서 보이는 오픈 키친을 호령하고 있었다. 카운터 앞에 진열된 다양한 향신료가 증명하듯 이곳의 카레는 인도 커리를 바탕으로 일본인의 입맛에 맞게 변형시킨 진한 맛이 일품이다.

스파이스 카페는 런치 타임, 카페 타임, 디너 타임으로 나뉘어 운영된다. 런치 타임에는 디너 타임 메뉴를 절반 가격으로 맛볼 수 있다. 런치 메뉴에서는 두 가지 카레가 함께 나오는 '페어 카레 런치 세트'를 추천하고 싶다. 내 추천이 아니더라도 카레 향기가 진동하는 스파이스 카페의 문을 열고 들어선 순간, 한 가지 카레로는 만족하지 못하리라는 사실을 본능적으로 직감할 테지만 말이다.

나는 '페어 카레 런치 세트'로 양고기가 든 매콤한 카레와 코코넛 밀크의 달콤함이 매력적인 시금치 카레를 주문했다. 카운터 자리에 앉은 덕분에 쉴 틈 없이 돌아가는 주방의 바쁜 움직임이 한눈에 들어왔다. 음식을 기다리는 사이 카페 한켠에 마련된 작은 갤러리를 기웃거리고 가게 안을 살펴보았다. 테이블을 가득 메운 사람들 모두 잠시 후 자신들의 혀를 마비시킬 카레를 향한 기대감이 얼굴에 가득했다. 매콤한 카레 향이 더욱 깊어졌을 즈음, 내 앞에도 먹음직스런 카레가 놓였다.

램 카레는 인도 커리를 먹을 때마다 빼놓지 않고 시켜먹는 메뉴 중 하나다. 스파이스 카페의 램 카레는 양고기 특유의 냄새에 거부감을 갖는 사람이 먹어도 좋을 만큼 비린내가 거의 나지 않는다. 오히려 향신료가 제대로 스며들어 야들야들한 양고기가 매콤한 카레의 풍미를 풍부하게 한다. 램 카레와 함께 나온 '코코넛 밀크 카레'는 색깔이 참 곱다. 노란 카레에 붉은 토마토와 초록의 시금치가 알록달록 조화를 이루었다. 그동안 숱하게 많은 카레를 먹어본 나였지만, 이곳의 코코넛 밀크 카레는 달

콤하고 부드러운 향신료의 매력을 톡톡히 느낄 수 있었다. 사실 매운맛을 좋아하는 나에게 코코넛 카레는 별다른 기대가 없었다. 그런데 이곳의 코코넛 카레는 이 메뉴를 먹지 않고 돌아왔다면 두고두고 후회했을 만큼 진한 감동으로 다가왔다.

아쉬운 건 바쁜 시간에 이곳을 찾는 바람에 주인장과 스파이스 카페에 대한 이야기를 제대로 나누지 못했다는 것이다. 내가 카레 삼매경에 빠진 사이에도 주인장은 쉴 틈 없이 밀려드는 주문을 소화하느라 정신이 없었다. 그래도 기왕 여기까지 온 이상 그냥 갈 수만은 없어서 훌륭한 음식을 만들어준 주인장에게 진심을 담아 "잘 먹었습니다!"라고 인사를 전했다. 바쁜 와중에도 내 인사에 환하게 웃어주는 주인장을 뒤로하고 다음 사람에게 자리를 양보하고 밖으로 나왔다. 터널처럼 길게 뻗은 마당에는 차례를 기다리는 사람들이 줄지어 있었다. 오순도순 이야기를 나누는 다정한 커플의 모습에 잠시 샘이 나기도 했지만 혼자 먹어도 감동과 행복이 전해지는 스파이스 카페의 카레를 먼저 맛보았다는 사실에 우쭐해졌다. 커플을 향한 시샘마저 잊게 하는 스파이스 카페의 맛을 당신도 꼭 맛보기를 바란다.

스카이 트리 & 스파이스 카페 Sky Tree & Spice Cafe
東京都墨田区文花 1-6-10
런치 11:45~14:00, 카페 14:00~16:00, 디너 18:00~22:00
월요일, 세 번째 화요일에는 쉰다.
www.spicecafe.info

2/2

미미 동경

13th

맛있는 감기약, 안티-헤블린간

Anti-Heblingan

대학과 고서점이 모여 있는 오차노미즈御茶ノ水, 칸다神田, 진보쵸神保町를 배경으로 도쿄의 평범한 일상을 그린 영화 〈카페 뤼미에르〉는 느리지만 섬세한 도쿄 풍경을 담고 있다. 일본의 거장 감독 오즈 야스지로의 탄생 100주년을 기념해 만들어져 화제를 모은 영화는 등장인물들의 감정 묘사와 카메라 워크가 오즈 야스지로 감독과 꼭 닮았다. 자칫 지루하게 다가오는 영화 속 평범한 일상을 바라보는 관찰자적 시선은 차를 마시고 밥을 먹고 빨래를 하고 거리를 걷는 소소한 행위를 의미 있게 바라보고 있다. 덕분에 우리의 일상도 조금은 특별하게 다가온다. 진보쵸와 스이도바시水道橋가 교차하는 후미진 골목에 자리한 안티-헤블린간Anti-Heblingan은 〈카페 뤼미에르〉에 투영된 도쿄의 잔잔한 일상이 깊이 새겨져 있는 흔치 않은 곳이다.

스이도바시에서 진보쵸로 향하는 길에는 젊은이들이 좋아할만한 카페와 식당, 아름다운 스테인드글라스로 꾸며놓은 고풍스런 찻집, 고서점, 선술집 등 다양한 작은 가게들이 늘어서 있다. 그중에서 중년의 부부와 장성한 아들이 함께 운영하는 이탈리안 레스토랑 안티-헤블린간은 멋스런 분위기와 정성이 깃든 요리로 미식가들의 찬사를 받는 곳이다. 안티-헤블린간은 스이도바시와 진보쵸 사이에 위치했지만, 스이도바시 역이 조금 더 가깝다. 인근에 니와노호텔도쿄庭のホテル東京가 자리하기 때문에 길을 익혀두면 찾기에도 쉽다.

안티-헤블린간의 문을 열고 들어서면 우선 벽 한 면을 통째로 차지하는 넓은 창문이 시선을 사로잡는다. 해가 지고 어둠이 내려앉으면 창문을 통해 새어 나오는 불빛이 사람들의 발길을 잡아끈다. 일반적으로 이러한 큰 창은 전망을 위해 무언가를 두지 않기 마련인데, 이곳은 창문에 선반을 달아 주인장 부부의 손때가 묻은 수십 권의 책을 꽂아두었다. 희한한 건 이 책들이 전망을 방해하기는커녕 외부의 시선으로부터 보호받는 듯한 느낌을 갖게 한다는 것이다.

이른 저녁, 안티-헤블린간을 찾은 나는 고르곤졸라 파스타와 맥주 한 잔을 주문했다. 저녁을 먹으며 반주를 곁들이는 습관은 일본에서 생활하면서 생겼다. 어디를 가나 음료를 먼저 주문할 것을 권하는 일본의 식당 문화에 길들여진 까닭이다. 실은 오후 내내 여기저기 바삐 움직인 나의

몸에 활력을 안겨주는 시원한 맥주를 좋아하기 때문이라고 말하는 게 맞을 듯하다. 나에게 맥주란 피로회복제 같은 존재니까. 무엇보다 진한 치즈 맛이 일품인 안티-헤블린간의 고르곤졸라 파스타의 뒷맛을 청량하게 정리해주는 데에는 맥주만한 게 없다.

- 근데 안티-헤블린간이라는 이름은 무슨 뜻이에요?
- 아, 오즈 야스지로 영화에 나오는 감기약 이름이에요. 우리 부부가 좋아하는 영화죠.
- 식당 이름을 감기약 이름으로 지을 생각을 했다니 재미있네요. 그 감기약 이름을 고집한 이유가 있으세요?
- 약국을 운영하신 어머니의 영향이 컸어요. 감기에 걸리면 어머니는

이 약을 먹이곤 하셨죠. 여기 허브나 양념을 담은 병들이 보이죠? 이 병들도 예전에 어머니 약국에서 사용하던 것들이에요. 양념 병이 아니라 약병이죠.

- 이게 다 약병이에요?
- 창가에 있는 소품들도 어머니 약국에서 사용하던 거예요. 어머니 손때가 묻은 물건들이죠.
- 얘기를 듣고 나니까 요리하는 식당이 아니라 약 짓는 식당 같아요. 먹고 나면 힘이 나는 맛있는 약국.
- 하하하, 그런가요?

오즈 야스지로 감독의 영화 〈가을햇살秋日和〉에 나오는 감기약 이름을

따서 식당의 이름을 지었다는 안티-헤블린간. 약 짓는 어머니의 뒷모습을 보며 자란 딸은 현명한 아내이자 인자한 어머니가 되어 남편과 아들이 함께 요리하는 식당을 열었다(약이 담겨 있던 어머니의 약병에는 통증을 가라앉히는 약 대신 맛에 풍미를 더해주는 올리브오일과 통후추, 각종 허브가 대신 들어 있다). 어머니의 약손을 물려받은 딸은 식당을 찾는 사람들의 입맛에 꼭 맞는 '맛있는 처방전'을 내주고, 마음까지 따뜻해지는 포근한 식사를 마련해준다. 이름 하여 안티-헤블린간만의 '맛있는 감기약'이다.

안티-헤블린간 Anti-Heblingan
東京都千代田区猿楽町 2-7-11 ハマダビルヂング 2F
월~금 11:45-14:00, 18:00-23:00 ● 토요일, 일요일, 국경일에는 쉰다.

猫を
飼ってオリ〼

고양이 손맛, 무기마루2

MUGIMARU2

맛있는 감기약을 먹고 돌아가려는데 안티-헤블린간의 여주인장이 말을 걸어왔다.

- 혹시 카구라자카에 있는 만주 집을 아세요? 시간이 허락하면 그곳에도 한번 가보세요.
- 아, 무기마루2 MUGIMARU2 말인가요?
- 어머, 알고 있네요.
- 네, 며칠 전 근처를 지나다가 골목에 희한한 분위기의 가게가 있어서 호기심이 동해 들어갔어요. 분위기가 굉장히 독특했어요.
- 맞아요. 굉장히 재미있는 곳이죠. 저희 부부와 그곳의 주인장이 친구

사이랍니다.

- 그렇군요. 거기 만주가 상당히 맛있더라고요.

- 그럼요! MUGIMARU2의 만주 맛은 유명하죠.

카구라자카 파출소 삼거리 횡단보도 근처에는 귀여운 고양이 얼굴이 그려진 입간판이 서 있다. 고양이 간판이 가리키는 방향은 큰길에서 파생된 좁은 골목이다. 고양이가 안내하는 방향으로 고개를 들이밀고 살펴보면 회색 건물을 갖가지 화분과 꽃이 숲처럼 휘감은 곳이 나타난다. 그렇다 해도 좀처럼 골목으로 쉽게 발걸음이 떨어지지는 않는다. 그건 아마도 건물이 가진 이상야릇한 생명력이 골목 어귀에서도 생생히 느껴지기 때문일 것이다. 마치 살아 숨 쉬는 것 같은 기운에 압도된 나는 담장을 넘는 길고양이마냥 주변을 살피며 슬금슬금 골목으로 숨어 들어갔다. 그런 나를 도도한 걸음걸이로 담벼락을 걷던 회색 고양이 한 마리가 가던 길을 멈추고 살핀다. 녀석은 담벼락에서 폴짝 뛰어내리더니 금세 모습을 감췄다. 녀석이 들어간 곳은 바로 만주 카페 MUGIMARU2였다. '오컬트occult'라는 말 외에는 도저히 설명이 불가능한 이곳은 비현실을 현실로 바꾸는 묘한 힘을 지닌 곳이다.

카구라자카의 미로 같은 골목에 자리한 MUGIMARU2는 만주를 직접 만들어 판매하는 만주 카페다. 일본의 만주는 화과자의 한 종류로 인식된다. 지역이나 가게마다 각양각색의 만주가 만들어지지만 MUGIMARU2

는 밤, 고구마, 단호박, 팥 등 갖은 재료를 으깨어 소를 만들고 보송보송한 반죽으로 감싸 어린아이 주먹만한 크기로 동글동글하게 빚은 만주를 판매한다. 주방의 절반을 차지하는 찜통에서는 잠시도 쉬지 않고 뜨거운 열을 내뿜고 밀려드는 손님을 맞이하고 있었다.

MUGIMARU2의 기묘한 분위기는 이곳을 호령하는 주인장에게서 나온다. 어딘지 나른하지만 신경질적인 고양이 같은 얼굴의 주인장은 카페를 유유자적 거니는 고양이들의 여왕이다. 오후의 햇살이 쏟아지는 시간, MUGIMARU2에 들어서자 꼬리를 바짝 치켜세운 고양이 한 마리가 화분 사이를 사뿐사뿐 걷고 있었다. 고양이는 이내 이웃집 담벼락 위로 뛰어올라 골목을 오가는 사람들과 골목 밖 세상에 도도한 눈빛을 던졌다. 두려움이 아닌 호기심이, 냉정함이 아닌 기다림이 스며든 눈빛이 이채로웠다. 고양이의 여왕, 아니 MUGIMARU2의 주인장은 카페 안팎을 어슬렁거리는 고양이들의 호기심과 기다림을 으깨고 다져 만주 소를 만드는 지도 모르겠다. 이렇듯 고양이 손맛으로 빚어진 만주를 작은 창문 사이로 새어 들어오는 햇빛 아래 숨어 야금야금 먹다보면 세상의 온갖 위험을 피해 안전한 곳으로 숨어든 길고양이가 된 것 같다. 현실에서는 좀처럼 맛볼 수 없는 '묘猫한' 공간. MUGIMARU2에서 한 마리의 길고양이가 되어 보는 건 어떨까?

무기마루2 MUGIMARU2
東京都新宿区神楽坂 5-20 ● 12:00~21:00 ● 수요일에는 쉰다.
www.mugimaru2.com

15th

심야식당, 키친 와타리가라스

キッチン わたりがらす

일본 드라마 〈심야식당〉은 언제나 스즈키 쓰네키치의 읊조리는 듯한 노랫소리와 주인장의 내레이션으로 시작한다.

'하루가 저물고 사람들이 모두 서둘러 집으로 돌아갈 무렵이면 나의 하루가 시작된다. 영업시간은 밤 12시부터 아침 7시까지다. 사람들은 이곳을 심야식당이라고 부른다.'

나는 이렇게 시작하는 〈심야식당〉의 오프닝을 매우 좋아한다. 화려한 네온사인이 번쩍이는 신주쿠 거리를 달리는 화면과 스즈키 쓰네키치의 낮게 깔린 음성에서 인생의 고단함이 느껴지고, 지글지글 음식이 익어가

는 작은 식당에서 위안을 받기 때문이다. 심야식당은 모두가 잠든 시간, 허전한 마음 둘 곳 없는 사람들이 추억을 음미하는 곳이다. 그런 점에서 '키친 와타리가라스キッチンわたりがらす'는 드라마에 등장하는 심야식당과 많이 닮았다. 깊은 밤이 되어서야 하루를 시작하는 '밤의 새'이기 때문이다.

미호코 상은 일본에서 생활하는 동안 한국어를 함께 공부하던 학생이다. 지금은 일본 주재 핀란드 대사관에 근무하는 그녀는 원래 천문학자를 꿈꾸던 소녀였다. 오래전부터 한국 문화에 관심이 많았다는 그녀는 나를 만나면서부터 본격적으로 한국어를 공부했다. 요즘은 종종 한글로 쓴 엽서를 보내기도 한다. 때때로 내 이름을 '윤좡'이나 '윤점'으로 잘못 쓰기도 하지만, 한국어를 진지하게 공부하는 그녀의 노력이 고마워서 읽는 내내 뿌듯함이 밀려온다. 얼마 전에는 핀란드 친구와 함께 서울을 찾기도 했다. 우리는 서울의 성곽 길을 걸으며 한국, 일본, 핀란드에 관한 많은 이

야기를 나눴다. 언어가 다르고 생활풍습이 다르다보니 우리의 이야기는 그야말로 끝이 없었다. 내가 핀란드어를 하지 못해서 핀란드 친구와 속 시원한 대화를 나누지 못한 게 아쉬웠다. 이럴 줄 알았다면 진즉에 미호코 상에게 핀란드어를 배워둘 걸, 그랬다면 핀란드의 심야식당에 대해 이것저것 물어봤을 텐데, 라는 아쉬움이 밀려들었다. 이런 나의 아쉬움을 알았던 걸까. 도쿄에 머무는 동안 미호코 상이 도쿄의 심야식당을 알려주겠다는 연락이 왔다.

- 윤정과 함께 가고 싶은 곳이 있어요. 영업시간이 정해져 있지 않아서 가기 전에 확인해야 하지만 꼭 같이 가요!

며칠 후 시부야 역에서 미호코 상을 만났다. 약속시간은 밤 9시. 대부분의 일본 식당들이 하루 일과를 마치고 문을 닫을 시간이었다. 그러나 미나토구港区 니시아자부西麻布, 텐겐지天現時 앞 고가도로 아래에 위치한 '키친 와타리가라스' 는 문을 열고 있었다.

- 평소에는 더 늦게 열기도 해요. 오늘은 일찍 열었으려나?

미호코 상에 따르면 와타리가라스의 영업시간은 들쭉날쭉하다고 한다. 밤 9시 무렵이면 문을 여는 편이지만, 주인장의 상황에 따라 변경되는 경우도 허다하다. 그래서인지 이 지역에서 와타리가라스는 '개성 강한 주인장'과 '독특한 운영방식'으로 유명세를 떨치는 모양이었다.

우리는 시부야 역 앞에서 텐겐지天現時 행 버스를 탔다. 와타리가라스는 히로오 역과 시로카네다이白金台 역에 인접해 있다. 하지만 그곳 지리에 밝은 사람이 아니고서는 지하철역에서 이곳을 찾기란 쉽지 않다. 다행히 시부야 역에서 버스를 타면 20~30분 내로 목적지에 도달한다. 단, 버스에서 내려 눈앞에 어둠에 휩싸인 황망한 대도시가 펼쳐진다고 해도 놀라지는 마시길. 보이는 거라곤 하늘을 반쯤 가린 고가다리가 전부인 그곳에 밤에 나는 새의 보금자리가 있으니 말이다.

횡단보도 신호를 기다리는 동안 미호코 상은 고가다리 아래 한 곳을 주시했다. 그리곤 "아! 다행이다. 오늘은 문을 열었다!" 하고 팔을 뻗어 가리켰다. 하지만 나는 미호코 상의 손가락이 가리키는 곳을 좀처럼 찾지 못했다. 아무리 훑어봐도 레스토랑의 흔적을 찾을 수 없었다.

-설마 저 다리 아래 있다는 건 아니죠?

-하하, 맞아요. 다리 아래에 있어요. 정말 재미있는 곳이라니까!

잠시 후 횡단보도에 파란불이 켜지고 미호코 상이 앞장을 섰다. 미호코 상의 뒤를 따라 길을 건너 고가다리 아래에서 희미하게 새어 나오는 불빛을 쫓아갔다. 설마 했는데 미호코 상의 말처럼 도시의 소음과 검은 타이어의 발길조차 뜸해진 다리 아래에 홀로 문을 연 작은 레스토랑이 눈에 들어왔다. 인적 드문 이곳에 심야식당을 열 생각을 하다니! 키친 와카리가라스의 주인장은 어떤 사람일지 몹시 궁금해졌다.

무라카미 상은 와타리가라스를 운영하는 대표이자 모든 요리를 책임지는 주방장이다. 도쿄에 정착하기 전에는 유럽과 미국을 오가며 요리 경험을 쌓았다. 그것도 모자라 세계 각지를 돌아다니며 각국의 멋과 맛을 담은 잡지를 출간하는 등 다양한 경력을 소유한 장본인이다. 오랜 여행을 마치고 도쿄로 돌아온 그는 특정 장소, 제한된 공간에 레스토랑을 여는 것이 아니라, 자신의 요리를 필요로 하는 곳이라면 언제, 어디든지 찾아가는 열린 경영을 콘셉트로 삼았다. 기업과 가정에서 열리는 파티에 필요한 요리를 출장 서비스하는, 케이터링catering 서비스를 채택한 것이다.

농약을 사용하지 않은 제철 채소만을 특별히 선별해 재료 고유의 맛을 살린 와타리가라스의 요리는 먹는 즐거움은 물론 건강까지 생각한다는 점에서 인기가 높다. 생산자와의 직접적인 거래를 통해 재료를 구입하기 때문에 음식 값이 저렴한 것도 이곳을 유명하게 만들었다.

무라카미 상이 고가다리 아래 밤에만 문을 여는 작은 레스토랑을 시작한 건 케이터링만을 염두에 두고 자리를 찾았기 때문이다. 음식을 만드는 데 필요한 주방시설만 있으면 된다는 생각으로 상대적으로 저렴한 고가다리 상가를 얻은 것이다. 당연히 처음에는 레스토랑을 운영하지 않았다. 그런데 차츰 와타리가라스의 음식이 맛있다는 입소문을 타면서 식당을 운영해주길 바라는 손님들의 요청이 늘었고, 결국 출장 서비스를 마치고 돌아오는 늦은 밤 고가다리 아래 작은 심야식당을 열기로 결심한 것이다.

우리가 와타리가라스에 도착했을 때는 거의 밤 10시가 다 된 시간이었다. 저녁을 먹기에는 늦은 감이 있고, 다음날 아침 일찍 출근하는 미호코 상을 배려해 화이트 와인에 어울리는 몇 가지 요리를 만들어 달라고 부탁했다. 무라카미 상은 흔쾌히 우리의 청에 맞는 맛있는 야식을 준비해주었다. 이곳의 음식은 대부분 원재료의 맛을 최대한 손상시키지 않고 최소한의 양념만을 사용하는 것을 원칙으로 한다. 가장 먼저 나온 채소 절임은 일본의 절인 채소와 피클의 중간쯤 되는 맛이었다. 지나치게 짜지도, 지나치게 달지도 않아 샐러드 대용으로 먹기에 좋았다. 무라카미 상만의 비법으로 구운 아스파라거스와 채소구이는 늦은 밤에 먹어도 전혀 부담이 가지 않았다. 특제 소스로 맛을 낸 닭요리 역시 고깃살이 입안에서 부드럽게 씹히며 알싸한 화이트 와인과 잘 어울렸다. 여기에 무라카미 상 특유의 세련된 넉살과 친근함이 더해졌다. '모두가 집으로 돌아갈 무렵, 아

직 끝내지 못한 일이 남은 것만 같은 기분에 다른 곳을 기웃대고 싶은 밤' (심야식당 2 10화 엔딩 내레이션)처럼 이곳이 사람들을 행복하게 해주는 심야식당으로 자리 잡은 이유를 여실히 알 수 있었다.

와타리가라스는 화려한 네온사인이 거리감을 상실하고 칠흑 같은 어둠이 존재를 과시하는 메트로폴리탄을 나는 밤夜 새의 숨은 둥지와 같다. 그곳에서 우리는 달콤한 요리를 음미하며 그동안 켜켜이 쌓아 둔 이야기를 하나둘 꺼내어 놓았다. 이따금씩 머리 위를 달리는 자동차의 굉음에 이야기는 잠시 중단이 되기도 했다. 그때마다 무라카미 상을 쳐다보았다. 일견 태평한 얼굴을 하다가도 다리 아래 자신의 둥지를 감싸고 있는 세상을 날카롭게 바라보는 무라카미 상은 내일의 비상을 준비하는 한 마리의 까마귀 같았다. 귓가를 울리는 자동차 소음마저 멀게 느껴지는, 요리하는 와타리가라스…… 검은 깃털만큼이나 까만 밤이 어울리는 그 모습을 좀처럼 잊을 수 없을 것 같다.

와타리가라스 キッチン わたりがらす
東京都港区南麻布 4-15-12
www.watarigarasu.jp

16th

아사코가 돌아왔다, 나카요시

なかよし

내 친구 아사코. 피천득 선생의 수필집 『인연』에 나오는 '아사코朝子'와 이름이 같은 친구. 아마도 『카페 도쿄』를 읽은 이라면 그녀의 이름이 낯설지 않을 것이다. 귀국 날, 깜짝 등장으로 공항을 눈물바다로 만들었던 주인공, 여권과 너무 다른 얼굴로 눈물마저 폭소로 만들어버린 주인공! 바로 그 친구의 이야기를 다시 하려 한다.

일본에서 귀국 후 아사코는 오래전부터 계획했던 캐나다 유학을 떠났다. 그 후 약 4년 동안 아사코를 만나지 못했다. 4년이라는 짧지 않은 시간 동안 나는 몹시도 아사코를 그리워했다. 아사코는 소중한 친구이자 철없는 동생이었고 배려심 많은 언니였으며 두고두고 은혜를 갚아야 할 은인이었다. 그런 아사코가 도쿄로 돌아왔다. 나는 당장 아사코를 만나고 싶었다.

사노라면 가끔씩 텔레파시가 존재하는 게 아닐까 생각될 정도로 신기한 경험을 할 때가 있다. 누군가를 깊이 생각한 날이면 그 사람에게서 연락이 온다거나, 거리를 지나다 우연히 마주칠 때 그런 생각이 들곤 한다. 도쿄로 떠나기 며칠 전, 메일을 확인하기 위해 컴퓨터를 켰다. 도쿄에 도착하자마자 만날 수 있도록 아사코에게 연락을 하려던 참이었다. 그런데 놀랍게도 아사코로부터 반가운 메일이 와 있었다.

-윤정, 도쿄에 안 와? 나는 한동안 고향집에서 지내다가 지금은 도쿄에 있어. 보고 싶다. 윤정이 오면 삼십대 어른 놀이를 잔뜩 하자. 연락해.

-아사코

'삼십대 어른 놀이라니, 그게 뭐야. 낄낄낄.'

순간 아사코의 말투와 행동이 생생하게 떠올라 웃음이 났다. 나는 곧바로 답장을 보냈다.

-그렇지 않아도 며칠 후에 도쿄에 갈 예정이야. 깜짝 놀랐어. 이런 절묘한 타이밍에 아사코의 메일이 와서. 도쿄에 가면 바로 전화할게. 우리 엄청 놀자!

- 윤정

그렇게 우리는 도쿄 신주쿠 역에서 다시 만났다. 4년 만이었다. 멀리서 희미한 탄성을 지르며 아사코가 달려왔다. 예나 지금이나 천진난만한 성격은 하나도 변하지 않았다. 우리는 서로를 얼싸안고 '반가워, 반가워' 노래를 불렀다.

아사코는 어디서 이런 에너지가 넘쳐나는 걸까? 곁에 있는 사람조차 덩달아 활력이 샘솟게 하는 아사코의 무한능력이 언제나 부러웠다. 우리는 약속이나 한 듯 마음 편히 떠들어도 괜찮은 떠들썩한 술집으로 가자고 입을 모았다. 예전처럼 술을 마시고 알싸한 술기운에 비틀비틀 길을 걸으며 배가 아플 만큼 웃고 싶었다. 한 잔 술에 떠오르는 옛 추억과 두 잔 술에 묵혀두었던 이야기보따리는 풀어도 풀어도 끝이 보이지 않았다. 막차 시간이 아슬아슬해질 무렵에야 겨우 자리를 털고 일어났다.

- 안 되겠어. 다음에는 위장을 깨끗이 비우고 만나자. 하루 종일 여기저기 다니면서 먹고 걷고 놀자.
- 좋아. 그럼 이번 주말 어때? 어디든 좋아. 윤정이 가고 싶은 곳이라면 기꺼이 동행해주겠어.

약속대로 우리는 주말 오후에 에비스惠比寿 역에서 다시 만났다. 아사코는 아예 작정한 듯 운동화와 가벼운 옷차림으로 나타나서 "오늘 하루, 내 위장을 너에게 맡기도록 하지"라며 운을 뗐다. 그렇지 않아도 에비스 역 근처에 점찍어둔 식당이 있어서 주저 없이 그곳으로 아사코를 데리고 갔다.

'나카요시なかよし.' 우리말로 하면 '좋은 사이'를 뜻한다. 낮에는 평범한 식당이지만 밤에는 밥과 술을 판매하는 주점으로 변신하는 이곳에 아사코와 함께 오고 싶었던 건 순전히 이름 때문이었다. 나카요시. 사이좋은 우리에게 딱 어울리는 이름이지 않은가.

일본에 가면 일본 '가정식' 혹은 '정식'이라 불리는 음식을 어디서 먹어야 할지 고민이 된다. 그런 점에서 나카요시는 제법 훌륭한 일본식 정식을 선보인다. 점심시간에 이곳을 찾으면 갓 지은 흰쌀밥과 미소시루를

기본으로 계절에 어울리는 재료와 맛을 살린 한상차림을 저렴한 가격에 맛볼 수 있다.

점심시간이 끝나면 나카요시에도 짧은 휴식시간이 찾아온다. 물론 그 시간에도 주인장은 편하게 쉴 수 없다. 밤이 되면 술과 냄비요리가 나오는 주점으로 변신하기 때문에 서둘러 준비해야 하기 때문이다. 니혼슈日本酒와 따끈한 국물이 일품인 나카요시의 냄비요리는 여성들에게 인기가 높다. 좋은 사람들과 맛깔스런 요리와 한잔 술을 나누며 서로의 거리를 좁혀가고 싶다면 나카요시를 찾는 건 어떨까?

나카요시는 제철 채소로 만든 요리를 기본으로 삼는다. 원재료의 맛을 살리기 위해 양념을 과하지 않게 첨가해 담백한 맛을 살린 것이 특징이다. 특히 말캉하게 씹히는 가지와 아삭한 채소에 기름기를 쏙 뺀 돼지고기를 얹은 '돼지고기 찜과 가지 샐러드'는 여름에 어울리는 상큼한 드레싱을 가미해 절묘한 맛의 조화를 이룬다. 스스로 '정크 푸드 마니아'라 부르는 아사코는 타르타르소스를 곁들인 생선튀김을 주문했다. 안타깝게도 아사코의 기대와 달리 이곳의 튀김은 기름지지 않고 담백했다. 아사코의 평에 따르면 '건강한 음식을 찾는 사람들이 좋아할 만한 맛'이라고 할까. 평소 생선튀김을 좋아하지 않는 나조차도 바삭한 튀김옷과 보드라운 생선살이 고소하게 씹히는 나카요시의 생선튀김에 자꾸만 손이 갔다. 무엇보다 맛있게 튀김을 먹던 아사코가 인정한 최고의 맛은 새콤달콤하게 버무린 타르타르소스였다.

なかよし
営業中

– 나카요시 타르타르소스는 최고!

조잘조잘, 재잘재잘, 냠냠냠. 밥을 먹는 건지, 수다를 떠는 건지 알 수 없다. 말을 뱉는 입속으로 음식을 밀어넣고 우물우물 꼭꼭 씹어 삼킨다. 한시도 쉼 없이 입을 움직여 소리를 내고 맛을 음미하는 시간. 좋은 사람과 식탁에 마주앉아 함께 식사하는 시간이 얼마나 소중한지 새삼 깨닫는다. 그렇게 탄생한 이야기는 솜씨 좋은 쉐프의 손을 거치지 않아도 스스로 발효하고 숙성해 새로운 생명력을 키워 나갈 것이다. 자신만의 생명력으로 자란 '맛'은 때론 초콜릿보다 달고 때론 고추보다 맵지만, 돌아서면 자꾸만 생각나는 강한 중독성으로 세상을 살아가는 데 없어서는 안 될 자양분이 된다. 앞으로도 소중한 사람들과 더욱 맛있는 시간을 보내겠노라고 다짐해본다. 그때마다 당신과 나의 관계도 오래도록 맛있는 기억으로 남기를 바라는 마음으로 한바탕 크게 외쳐야지.

–맛있어! 美味しい!

나카요시なかよし
東京都渋谷区恵比寿西 1–8–1 ● 11:00~23:00 ● 연중 무휴

17th

가끔은 혼자 하는 맛있는 여행

BOWLS cafe

본격적인 여름 더위가 시작되기 전, 6월의 도쿄는 한없이 걸어 다니기에 좋다. 히토리타비一人旅(혼자하는 여행)에 어울리는 계절이다. 어느새 막바지로 접어든 여행을 조용히 마무리할 시간이 찾아왔다. 나는 아무 약속도 잡지 않고 아무 계획도 없이 하루를 보내겠다고 마음먹고 느지막이 집을 나섰다. 역으로 향하는 길 위로 따뜻한 초여름 햇살이 쏟아졌다. 동네 소학교 어린이들이 하얗고 파란 체육복을 입고 계단밟기 놀이를 하는 모습이 정겹다. 사람들과 어울리는 시간은 그것대로 즐겁지만 주변을 관찰하고 감상하기에는 역시 혼자가 좋다. 오늘만큼은 단골가게도 가지 말고 철저히 혼자가 되어 이방인의 눈으로 도쿄를 관망하기로 하자. 나는 목적지도 정하지 않고 발길 닿는 대로 돌아다니자고 결심했다. 그러자 새삼 자유로운 여행자의 기분에 도취되어 절로 콧노래가 흘러나왔다.

입차入車를 알리는 신호음에 맞춰 전차가 모습을 드러냈다. 전차에 몸을 싣고도 나는 목적지를 염두에 두지 않은 채였다. 차창 밖으로 보이는 삭막한 도시 풍경 속에서 이따금씩 아기자기한 가옥과 옛 건물이 나타났다 사라지기를 반복했다. 이대로 전차를 타고 도쿄 일주에 나서는 것도 나쁘지만은 않겠다는 생각이 들었다. 그런데 이게 웬일인가. 문득 창밖에 펼쳐지는 풍경이 익숙하다고 생각했는데 정신을 차려보니 무의식적으로 신주쿠 행 전차를 탄 모양이었다. 기껏 길을 나서 향한 곳이 신주쿠라니……. 허망한 회귀본능에 잠시 허탈감에 빠졌다. 애초부터 바다와 자연이 넘실대는 요코하마横浜나 가마쿠라鎌倉로 향했으면 좋았을 텐데, 라는 후회가 밀려왔다. 하지만 그것도 잠시, 기왕 신주쿠에 왔으니 오랜만에 '신주쿠 교엔御苑'에서 드넓은 공원을 산책하며 일광욕을 즐기는 것도 좋을 것 같다.

도쿄 도심 속 오아시스로 불리는 신주쿠 교엔은 본래 왕실 소유의 정원이었다. 넓은 잔디밭과 수천 그루의 나무가 끝없이 이어지는 이곳은 도쿄 최대의 도심에 자리하고 있다는 사실이 믿기지 않을 만큼 평화롭다. 봄, 여름, 가을, 겨울. 사계절을 통틀어 자연이 아름답지 않은 때는 없다지만, 사시사철 옷을 갈아입는 신주쿠 교엔의 여름은 싱그러운 햇살 아래 피어난 꽃과 나뭇잎에서 반짝반짝 윤이 났다. 녹음이 쏟아지는 산책로를 하염없이 걸었다. 걷다가 지치면 벤치에 앉아 쉬었다. 울창한 나무그늘 아래

かき氷
氷
氷
200円

로 돗자리를 깔고 낮잠을 자는 젊은 커플과 아이와 함께 소풍을 나온 단란한 가족들이 보였다. 옆 벤치에 앉아 쉬는 노부부의 표정은 한 폭의 그림을 감상하는 듯 온화했다. 마치 한 사람의 인생을 전부 본 것 같은 감상에 젖는 그런 풍경이었다.

플라타너스가 늘어선 프랑스식 정원 옆에는 장미 축제가 한창이었다. 수십 종에 이르는 장미가 화려한 색채로 빛났다. 고개를 돌려보니 방송사에서 나온 듯한 요상한 복장의 여인들이 '꺄~ 꺄~' 소리를 지르며 촬영에 임하고 있었다. 한껏 분위기를 띄우려 애쓰는 그들을 지나 연못이 바라보이는 벤치에 앉아 잠시 눈을 감았다. 오랜만에 맛보는 적요함이었다. 바람에 살랑대는 나뭇잎은 감은 눈 위로 음영을 달리하며 얼굴을 간질였다. 따뜻한 날씨와 자연에 둘러싸인 채로 나는 그만 깜빡 졸았다.

얼마 동안 눈을 감고 있었을까. 문득 점심때를 놓쳤다는 것을 깨달았다. 슬슬 허기진 배를 채우기 위해 자리에서 일어섰다. 마침 신주쿠 교엔이 폐장하는 4시 30분이 가까워졌다. 아쉬운 마음에 왔던 길을 되짚어 신주쿠 방면 출입구로 향했다. 그 앞에는 '보울스 카페BOWLS Cafe'가 있다. 보울스 카페는 신주쿠 교엔을 찾을 때마다 몇 번이고 들어갈까 말까 고민하다 발길을 돌린 곳이었다. 하지만 오늘은 주저 없이 이곳의 문을 열고 안으로 들어섰다.

점심시간을 훌쩍 넘긴 시간인데도 카페 안은 물론 바깥 테라스에는 차와 맥주를 즐기는 한낮의 베짱이들이 한껏 게으름을 피우고 있었다. 창가

模索舍

模索舍

에 놓인 소파 자리에 몸을 묻은 나는 수프와 샐러드 세트를 주문했다. 수프는 달콤했고, 바삭하게 구운 바게트는 고소했다. 음식을 먹으며 창밖으로 보이는 신주쿠 교엔의 흔적을 눈으로 소리 없이 쫓았다. 오늘 혼자 길을 나선 건 여행의 끝을 준비하기 위한 예행연습이었다. 나는 긴 여행의 순간을 기록한 수첩을 꺼내 들었다. 그곳에는 그리운 얼굴들과 새로운 만남에 대한 이야기가 빼곡히 담겨 있었다. 매일 매일이 소중하고 행복한 추억으로 남은 그 공간의 마지막 줄에 한 줄을 덧붙였다.

'당신과 나, 우리가 마주앉은 식탁에서 피어난 맛있는 이야기, 미미동경美味東京.'

미미동경
美味東京

초판 1쇄 발행 2012년 8월 24일
초판 2쇄 발행 2012년 11월 19일

지은이 임윤정

펴낸이, 편집인 윤동희

편 집 홍성범 권혁빈
디자인 한혜진
마케팅 한민아 정진아
온라인 마케팅 김희숙 김상만 이원주
제 작 서동관 김애진 임현식
제작처 한영문화사

펴낸곳 (주)북노마드
출판등록 2011년 12월 28일 제406-2011-000152호

주 소 413-756 경기도 파주시 문발동 파주출판도시 513-7
문 의 031.955.8886(마케팅) 031.955.2646(편집) 031.955.8855(팩스)
전자우편 booknomad@naver.com
트위터 @booknomadbooks
페이스북 www.facebook.com/booknomad

ISBN 978-89-97835-05-8 03810

● 이 책의 국립중앙도서관 출판시도서목록(CIP)은 e-CIP 홈페이지(www.nl.go.kr/cip.php)에서
이용하실 수 있습니다.(CIP 제어번호: CIP2012003445)